La tante qui ne voulait pas mourir

Shirshendu Mukhopadhyay

La tante qui ne voulait pas mourir

Traduit de l'anglais par Édith Ochs
d'après le texte traduit
du bengali par Arunava Sinha

CALMANN LÉVY

CALMANN LÉVY
ÉDITEUR DEPUIS 1836

Première parution en 1993 en bengali sous le titre
Goynar Baksho, chez Ananda Publishers, Calcutta (Inde)

Première parution en 2017 en anglais sous le titre
The Aunt Who Wouldn't Die, chez BEE Books (Inde)

Première parution en 2019 en Grande-Bretagne chez
John Murray (Publishers), une compagnie de Hachette UK

COUVERTURE
Conception Graphique : Nathan Burton Design
Adaptation : olo.éditions

ISBN 978-2-7021-6741-0

NOTE POUR L'ÉDITION FRANÇAISE

Ce roman de Shirshendu Mukhopadhyay a été d'abord publié en bengali en 1993 sous le titre *Goynar Baksho* (« Le Coffret à bijoux ») à Calcutta. La traduction en anglais d'Arunava Sinha a paru en 2017. La traductrice tient à remercier celui-ci pour son aide précieuse et ses éclaircissements.

Goynar Baksho a été porté à l'écran en 2013 par la réalisatrice Aparna Sen.

SOMLATA

Le véritable nom de mon mari est Chakor Mitra Chowdhury. Mais il a laissé tomber son titre, « Chowdhury[1] », et se fait appeler Chakor Mitra. Quand je me suis mariée, à dix-huit ans, il vivait dans une oisiveté parfaite. Ses seules et uniques qualifications étaient de savoir jouer de la *tabla*[2] et d'avoir passé une licence. Aucun membre de sa famille n'avait jamais travaillé. Ils faisaient partie des *zamindars*, la noblesse terrienne du Bengale oriental. Les conséquences de ce désœuvrement étaient flagrantes, déjà au moment du mariage. On disait que, malgré une fortune en déclin,

1. *Chowdhury* signifie, en sanskrit, « propriétaire de quatre » (mesures de terre). Ce titre héréditaire dans le sous-continent indien désignait les responsables d'une caste, membres des familles de *zamindars*, l'aristocratie terrienne. *(Toutes les notes proviennent des traducteurs)*

2. Tambour du nord de l'Inde qui accompagne la musique et la danse.

ils avaient encore de quoi s'assurer que leurs fils n'auraient pas à travailler de leur vivant. La réception organisée dans la maison de mon mari après la cérémonie et les bijoux offerts par ma belle-famille avaient achevé de convaincre les miens que tout cela était vrai.

Les familles aristocratiques sur le déclin ont tendance à en rajouter de façon exagérée. Elles ne laissent jamais passer une occasion de vous en mettre plein la vue. Je compris à travers d'infimes chamailleries et des chicanes dans la maison de mon mari après le mariage qu'ils avaient dilapidé pratiquement toutes leurs économies pour la fête. Ils avaient même emprunté de l'argent.

Ma *shashuri*, ma belle-mère, était une brave femme. Douce et compréhensive, elle venait d'une famille pauvre et pieuse, et elle n'avait jamais réussi à s'intégrer à celle-ci. Un jour, elle me fit asseoir auprès d'elle : « Ton destin veut que Fuchu soit ton mari, me dit-elle. Ce n'est pas un méchant garçon, dans le fond. Mais tout ce que nous avons maintenant suffit à peine à sauver les apparences, ce qui reste ne représente pas grand-chose. J'ai voulu qu'il se marie en espérant que la chance de sa femme déteindrait sur lui. Il faut le houspiller sans arrêt. Ne lui lâche les rênes sous aucun prétexte. Au moindre signe de faiblesse, il en profitera pour traînailler au lit. Je ne connais que trop bien les hommes de cette famille. D'une paresse achevée, tous sans exception. »

Voilà qui n'était guère rassurant. Si la chance ne souriait pas à mon mari, allait-on m'accuser de lui porter malheur ?

« Sais-tu comment tourne cette maison ? déplora ma *shashuri*. L'argent provient de la vente des terres et de l'or. Cela ne durera pas éternellement. Si tu as pour deux sous de jugeote, tu dois préparer Fuchu à l'avenir qui vous attend.

— Vous croyez que j'en serais capable, Ma ?... dis-je avec crainte. Il a tellement mauvais caractère. »

Elle éclata de rire. « Tu ne dois pas craindre le caractère d'un homme. C'est beaucoup de bruit et de fureur. N'y prête pas attention.

— M'apprendrez-vous ce que je dois faire ?

— Ces choses-là ne s'apprennent pas. Tu m'as l'air assez futée. Tu sauras très bien t'y prendre. »

À partir de ce jour, une solidarité féminine s'établit entre ma belle-mère et moi. J'étais tétanisée avant le mariage par toutes les histoires qu'on racontait sur cette espèce, et je me félicitais de ne pas être tombée sur une mégère.

Cela dit, chaque famille a sa mégère : ma *jaa* – la femme du frère aîné de mon mari – en l'occurrence. Cette belle-sœur était plus âgée que moi, et une vraie harpie. Il y avait aussi Pishi[1], veuve depuis l'enfance. Elle s'appelait Rashomoyee. C'était elle le véritable chef de famille. Du fait de la terrible tragédie qui l'avait frappée, elle était chouchoutée par ses frères, l'aîné comme le cadet. Elle exerçait sur la famille une tyrannie impressionnante.

1. Pishi : la tante du mari. Chaque membre de la famille du mari est désigné par un nom différent, qui peut aussi servir à s'adresser à lui, comme *pishi*. En revanche, *jaa*, qui désigne la femme du frère aîné – la belle-sœur de Somlata –, est un terme par lequel la jeune belle-sœur désigne son aînée, et qu'elle n'utilisera pas en s'adressant à elle.

La ville du nord du Bengale dans laquelle habitait ma belle-famille était petite, sale et surpeuplée. L'existence y était parfaitement monotone. Leur maison était assez spacieuse. Autrefois, ils avaient possédé plusieurs demeures encore plus vastes, et beaucoup de terre dans ce qui devint le Pakistan oriental. Le père de mon beau-père les avait fait construire, comme le voulait la coutume dans les familles de *zamindars*. Des constructions élaborées, avec une multitude de chambres, d'arcs et de coupoles. Or ceux qui avaient des prétentions sur une part de la propriété ne manquaient pas. Quand la terre sur laquelle étaient bâties ces maisons fut attribuée au Pakistan oriental, tous les membres de la famille trouvèrent asile dans la maison actuelle.

Au début, ils s'y réfugièrent en tant que membres sinistrés de la famille. Mais plus tard chacun réclama une part de la maison puisqu'elle avait été construite avec des fonds provenant de la succession. La maison était enregistrée au nom du père de mon beau-père ; les héritiers étaient donc mon beau-père et ma belle-mère, le frère aîné de mon beau-père, leur sœur, ainsi que mon mari et son frère. Mais cela, c'était sur le papier. Ceux qui avaient bénéficié de la jouissance de la maison n'avaient pas renoncé à jouir de la propriété par-dessus le marché. Le litige durait depuis des lustres, provoquant querelles et conflits. Cependant, dans les grandes occasions, mariages ou funérailles, toute la famille était soudée.

Il m'avait fallu du temps pour saisir les subtilités, et apprendre à connaître chacun personnellement. Ils aimaient surtout pérorer sur leur mode de vie noble quand ils habitaient chez eux, là-bas. Les hommes de la famille n'avaient aucune envie d'occuper un emploi ou de faire du commerce. Ils préféraient profiter de la vie. Mais au moment de mon mariage, certains avaient déjà dû commencer à travailler, juste pour pouvoir se nourrir.

Tout cela vient en préambule à l'histoire de mon mari. Étant le rejeton d'un clan 1, il avait été affreusement gâté dans son enfance, et poussé à la paresse. Comme rien ne l'obligeait à s'instruire, il avait poursuivi son petit bonhomme de chemin jusqu'à sa licence. Par ailleurs, il avait tendance à être soupe au lait. Personne se permettait de l'interrompre quand il jouait de la *tabla*. Il était furieux si on osait le réveiller. Il se levait quand ça lui chantait. Il se fichait d'emmener sa femme quelque part et, quant à lui demander un avis ou un conseil, l'idée même en était purement et simplement humiliante.

Il était nettement plus âgé que moi, puisqu'il avait trente-deux ans quand j'en avais dix-huit au moment de notre mariage. Je ne m'étais pas insurgée contre cette différence d'âge, car j'avais voulu un homme mûr. Et mes parents étaient si pauvres qu'il eût été malvenu de ma part de faire des histoires à cause de l'âge du marié ou de sa situation professionnelle. Mais vous pouvez dire ce que vous voudrez, mon mari était un très bel homme, même à trente-deux ans. Grand, le teint clair, et mince, avec une abondante chevelure et l'allure séduisante, il suffisait de le voir pour savoir qu'il avait le sang bleu. Étant donné la différence d'âge entre nous et son sérieux, je m'adressais toujours à lui en le vouvoyant. L'habitude a persisté.

Quelques jours après le mariage, quand j'estimai qu'il était bien luné, j'osai lui demander : « Pouvez-vous me dire de quel membre de la famille je suis redevable ?

— Que veux-tu dire ? demanda-t-il avec stupéfaction.

— J'aimerais savoir qui paie pour moi le vivre et le couvert ici.

— Quelle drôle de question ! La même personne qui nous entretient tous les deux.

— Mais je ne comprends pas qui le fait.

— Pourquoi as-tu besoin de le savoir ? Tu manges à ta faim, cela ne te suffit pas ? »

Je secouai la tête. « Non, ce n'est pas une réponse. Il y a bien quelqu'un qui paie. Qui est-ce ? »

Il aurait pu s'énerver, il aurait pu me gronder aussi. Je m'y attendais d'ailleurs. Mais il ne se mit pas en colère. D'un air grave et soucieux, il me demanda : « Tu veux dire que tu ne le sais pas ? »

J'articulai avec appréhension : « Ne vous fâchez pas, mais ce que j'ai entendu dire n'a rien de très honorable. Je me suis laissé dire que la famille vit sur l'argent provenant de la vente de son or et de ses terres. »

Il ne le confirma ni ne l'infirma. Assis devant une fenêtre du rez-de-chaussée, il buvait son thé du soir. Il y avait dehors un égout à ciel ouvert, et au-delà se trouvait un mur dont le crépi s'effritait. La pièce était envahie de moustiques et la canalisation exhalait une horrible puanteur. C'était une soirée déprimante et mélancolique.

Ayant vidé lentement sa tasse, il la reposa sur la vieille table ronde en bois, et se tourna vers moi pour me dire : « C'est exact. Je suppose que tu as quelque chose à ajouter. »

Je sentis une onde de peur me traverser. Il avait l'air sinistre et sa voix l'était plus encore. Mais ma *shashuri* m'avait encouragée à ne pas le craindre : « L'or de la famille est sacré, lui dis-je, et les terres de la famille aussi. J'ai entendu dire que ce n'était pas bien de vendre l'un ou l'autre. »

Il était sombre mais désemparé, comme le prouva sa réaction. Il se racla la gorge : « Je n'ai aucune idée de ce qu'il faut faire. »

Rassemblant mon courage, je déclarai : « Écoutez, l'or ne va pas durer éternellement. Il ne doit pas rester beaucoup de terre non plus. Ne devrions-nous pas nous montrer plus avisés ? »

En me regardant avec une certaine curiosité, il dit : « Qui est "nous" ? Veux-tu dire toi et moi ?

— Bien sûr que non, m'empressai-je de répondre. Nous sommes tous dans le même bateau, tous les membres de la famille. »

L'air abattu, il dit : « Le mariage a coûté très cher, lui aussi. À propos, pourquoi soulèves-tu brusquement la question ?

— Vous savez que j'appartiens à une famille pauvre. Les pauvres vivent une vie de privations. Votre famille ne serait pas capable de supporter la pauvreté. Vous avez été élevé dans le luxe.

— J'espère que personne ne t'a humiliée parce que ta famille était pauvre.

— Non, pas du tout. Mais je ne me sens jamais en sécurité, justement parce que ma famille est pauvre. »

Il dit avec douceur : « Tu n'as rien à craindre. Ta famille n'a rien caché. Nous sommes allés de l'avant en connaissance de cause. Crois-tu que je sois un incapable ?

— Pas du tout, me hâtai-je de répondre. Peut-être ne savez-vous pas combien je vous respecte. Pourquoi seriez-vous un incapable ? Ce n'est pas ça. Vous pourriez facilement gagner votre vie si vous le vouliez.

— Mais comment ? Je n'ai qu'une licence. Je peux décrocher au mieux une place d'employé de bureau. Guère plus, et même cela n'est pas facile. Je n'ai jamais envisagé de chercher un emploi.

— Vous n'êtes pas obligé de chercher un emploi. Vous pourriez aussi monter votre propre affaire.

— Une affaire ? Mais c'est pour les commerçants. Une chose pareille est inconcevable pour moi ! »

Sa réaction me fit rire malgré moi. « D'accord, dis-je. Peu importe tout cela pour le moment. C'est l'heure de votre promenade. Pourquoi ne pas en discuter après votre retour pour chercher une idée ? Cela ne va pas vous contrarier, n'est-ce pas ? »

Au lieu de répondre, il partit en affichant un air soucieux. Peut-être était-il distrait ; sans doute n'avait-il pas fait attention à ce que j'avais dit.

La vie dans une petite ville était morne à souhait. Il n'y avait rien à voir, et aucun divertissement en dehors du cinéma – et encore, il n'y passait que de vieux films. Échanger des potins avec les voisines était le seul passe-temps. Et cela même était interdit dans la famille, car c'était dégradant de fréquenter des gens ordinaires. Par conséquent, les soirées étaient déprimantes à en mourir.

J'avais envie de pleurer. Naturellement, mes parents me manquaient. Les hommes pouvaient toujours sortir pour bavarder ou jouer aux cartes, mais les femmes n'avaient pas ce recours. Ma *shashuri*, ma belle-mère, se plongeait dans la méditation et les prières après le coucher du soleil. Ma *jaa*, ma belle-sœur, ne me supportait pas. J'étais très seule.

Nous habitions la moitié sud de la maison. Notre part comportait dix pièces réparties sur trois étages. Les autres prétendants à la propriété occupaient sept ou huit pièces dans la partie nord. Nous étions moins nombreux de notre côté. Le frère aîné de mon mari n'avait pas d'enfants. Sa femme et lui disposaient de deux pièces au premier étage. Le frère aîné de mon beau-père en occupait deux aussi. Mon mari et moi habitions une chambre du rez-de-chaussée, et mon beau-père et ma belle-mère résidaient dans les deux autres.

Pishi, la tante, vivait au deuxième étage. Je me demandais pourquoi elle avait besoin de trois grandes pièces. Je faisais tout pour l'éviter. Les regards furibonds qu'elle me lançait me figeaient le sang. Dès que quelque chose allait de travers, elle hurlait si fort depuis son repaire sous le toit que chacun dans la maison savait ce qui se passait. Je n'ai jamais entendu une voix aussi sonore.

Elle avait demandé à me voir après le mariage et m'avait passé autour du cou une lourde parure en or. Tout allait bien jusque-là. Mais alors, un jour, elle se montra tellement blessante à mon égard que devant tant d'humiliation, j'eus envie de pleurer. Une femme au tempérament plus vif aurait retiré le collier et le lui aurait rendu. Je ne pus le faire. En réalité, elle m'avait fait comprendre à demi-mot qu'elle n'appréciait pas du tout le fait que son neveu ait choisi une femme provenant d'une famille indigente. D'après elle, j'étais forcément éblouie par le train de vie majestueux que je découvrais. Elle en voulait à ma belle-mère, qui était le principal artisan du choix d'une fiancée issue d'une famille sans le sou, mais, après tout, pourquoi pas puisque c'était aussi son cas. Et ainsi de suite.

Souvent, l'envie me prenait de monter sur la terrasse dans l'après-midi ou le soir. Les chambres me semblaient si lugubres, si ténébreuses, si angoissantes que je ne supportais pas d'y passer tout mon temps. Le toit m'offrirait au moins une bouffée d'air frais. J'aurais pu me promener, fredonner tout bas. Comme c'était une terrasse collective, d'autres habitantes de la maison y montaient aussi. Il y avait trois ou quatre femmes de mon âge, et j'aurais pu bavarder avec elles. Mais je n'osais pas m'y rendre à cause de Pishi. Assise dans la pièce face à l'escalier, la porte ouverte, elle me verrait même si je marchais sur la pointe des pieds.

Cependant, j'étais si malheureuse dans ma chambre ce jour-là que, malgré ma peur de Pishi, je me débrouillai pour gagner furtivement la terrasse. Je n'étais qu'une boule de nervosité, de crainte et d'angoisse ramassée sur elle-même. Je n'avais pas l'impression de trouver dans le mariage les mêmes joies que les autres femmes. Il me semblait que la vie conjugale impliquait d'endosser beaucoup de fardeaux, pour lesquels je n'étais pas de taille.

Je grimpai sans bruit, à pas de loup. La lumière était allumée. Je levai les yeux et la vis montant la garde, comme d'habitude. La peau claire, elle semblait dévorer des yeux tout ce qui passait à sa portée. Elle avait été d'une grande beauté, mais une beauté que nul n'avait jamais vénérée, aucun homme ne lui avait rendu grâce, et sa jeunesse, qui s'était épanouie en vain, s'était fanée. Je savais que sa vie n'était qu'une interminable litanie de regrets. Et comme il ne sert à rien d'en vouloir au destin, à la société, au pays tout entier, elle passait sa colère sur l'innocente que j'étais. Mais même si je la redoutais, je ne la détestais pas.

Je m'arrêtai quelques marches en contrebas. L'idée de passer devant elle me remplissait vraiment d'effroi. En jetant un nouveau coup d'œil dans sa pièce, je fus un peu décontenancée. Pishi était immobile, dans la même position qu'avant. Elle avait les yeux fixes, écarquillés. Sa mâchoire pendait. Mon cœur frémit pour une raison inconnue. Cette vue avait quelque chose d'anormal.

Je franchis les dernières marches et entrai dans sa chambre.

« Pishima ! Pishima ! »

Pas de réponse. Elle restait assise sur son ample tabouret en rotin, adossée au mur.

Je la touchai prudemment et plaçai les doigts sous ses narines. Mes membres se figèrent. Apparemment, Pishima était morte.

J'allais me précipiter dans l'escalier quand, soudain, j'entendis une voix dans mon dos. « Du calme. La nouvelle peut attendre. »

Je sautai d'étonnement et me retournai. N'était-elle pas morte en fin de compte ? Pourtant, elle se tenait dans la même position, les yeux exorbités, la bouche ouverte. Ses lèvres ne bougeaient pas. Mais je pouvais clairement l'entendre parler. « Oui, je suis morte, tu ne te trompes pas. La pauvre malheureuse n'est plus. »

Je n'avais jamais été aussi terrifiée de ma vie. J'étais au bord de la crise cardiaque.

« Tout le monde adore le deuxième étage, hein ? Vous voulez tous vous y installer après ma mort. Et vous partager les bijoux et l'argent. Que dalle ! Qu'est-ce que tu attends, plantée là ? Viens, approche-toi. »

L'ordre agit comme un aimant. Je me sentis attirée lentement vers elle.

« Où comptais-tu t'enfuir comme ça ? »

Je ne sus que répondre. J'avais la gorge nouée. Je ne pouvais que la regarder fixement. Ses yeux morts me vrillaient jusqu'au tréfonds.

« Prends les clés au bout de mon sari. Va dans la chambre au nord. Tu trouveras un tiroir fermé à clé dans le grand placard en bois. Ouvre-le. À l'intérieur se trouve un coffret en bois enveloppé dans une housse en alpaga. Prends-le et cache-le dans ta chambre. Personne ne doit rien savoir. Mais si tu crois que je te le lègue, tu peux rêver. Ils vont sortir de partout comme des vautours quand ils découvriront que je suis morte. C'est pourquoi je m'en débarrasse. Planque-le. Ce sont mes bijoux chéris, et je ne pouvais en porter aucun parce que j'étais veuve. Si tu en essaies, ne serait-ce qu'un seul, je te briserai le cou. Tu ne dois toucher à rien. Allez, fiche le camp. »

Je ne sais pas comment j'ai retiré les clés du sari de la morte ni comment j'ai sorti le coffret à bijoux. Je ne me souviens de rien clairement. Je ne me rendais pas vraiment compte de ce que je faisais.

Deux personnes me virent partir avec le coffret caché sous mon sari. L'une était Bandana, ma belle-sœur. Elle se tenait près de la cage d'escalier pour appeler Bhajahari, le fidèle domestique de la famille. Je courais presque au moment où j'arrivais à sa hauteur. M'observant du coin de l'œil, elle lança à Bhajahari : « Est-ce une femme mariée ou un cheval au galop que j'ai vu passer ? Elle vit dans les arbres ? »

Bhajahari se colla au mur pour me laisser passer. Il me vit aussi.

« Qu'est-ce qu'elle cachait ? piailla ma belle-sœur à Bhajahari du haut des marches.

— On aurait dit une boîte, répondit Bhajahari.

— Une boîte ? Où a-t-elle déniché une boîte ? »

Je n'en entendis pas plus. M'enfermant à clé dans ma chambre, je cachai le coffret tout au fond de ma nouvelle malle que je fermai à clé. Je ne m'étais pas rendu compte de son poids pendant que je le portais dans l'escalier. Je m'en aperçus seulement quand mes bras commencèrent à me faire mal dans la soirée.

Devais-je annoncer à tout le monde que Pishima était morte ? Mais comment le pouvais-je ? Mon cœur tremblait au point que le souffle me manquait. Je me sentais tellement désemparée que je m'allongeai un moment. Je n'arrivais pas même à savoir si tout cela s'était vraiment produit – ou, si tel était le cas, ce qui s'était réellement passé.

Pishima ne prenait jamais un vrai repas après le coucher du soleil ; elle ne mangeait que du lait et du *khoi* – du riz soufflé – dans sa chambre. Le *khoi* était conservé à l'étage, tandis que Nanda Ghoshal, le cuisinier, lui apportait un bol de lait chaud.

Ce fut lui qui descendit pour annoncer à tout le monde la nouvelle : « Pishithakrun, la tante âgée, a l'air bizarre. Les signes ne sont pas favorables. »

Ma belle-mère monta à l'étage. Puis elle cria à Bhajahari : « Appelle les hommes. Va chercher le docteur. Mais on l'a déjà perdue. »

La mort de Pishima ne provoqua aucun émoi ; personne ne se lamenta. Les hommes de la famille rentrèrent d'un pas à peine plus pressé. Le docteur monta à l'étage en silence et redescendit.

Cela devait paraître affreux que je ne monte pas à mon tour, mais je n'en avais pas la force. Je restai dans mon lit à sangloter.

Ce fut mon mari qui me découvrit dans cet état. Très surpris, il demanda : « Que t'arrive-t-il ? Pourquoi pleures-tu ? C'est à cause de Pishima ? Comme c'est curieux. »

Et c'était curieux, en effet. Parce qu'aucun membre de la famille ne la pleurait. Encore que ce n'était pas la défunte que je pleurais ; en fait, c'étaient l'angoisse et la peur qui faisaient couler mes larmes. Pourquoi le sort me réservait-il des épreuves si effroyables ?

Mon mari n'en revenait pas. Peut-être aussi fut-il attendri à l'idée que je pleurais Pishima. « Ce n'est pas plus mal qu'elle soit partie. Quel bonheur goûtait-elle, de toute façon ? Elle avait juste à s'occuper de ses trois pièces au premier étage. Elle ne faisait rien de la journée à part fouiller dans ses bijoux, c'était sa seule joie et son seul réconfort. Pourquoi toutes ces larmes, depuis quand étiez-vous devenues proches ? »

Je ne pus répondre. Je me cramponnai à lui : « N'allez pas à la crémation. Je ne peux pas rester toute seule ici. J'ai peur. »

Assis à mes côtés, il me caressa la tête en disant : « Je ne savais pas que tu avais le cœur aussi tendre. Tu es une brave petite, finalement. »

Ma *shashuri,* ma belle-mère, m'appela : « Où es-tu, *chhoto bouma*, petite belle-fille ? Viens. Tu devrais déjà être là. »

Bhajahari vint me chercher. En fin de compte, il fallait bien que je monte au deuxième étage. Mon mari m'aida à gravir les marches. Tout le monde s'étonna de me voir pleurer.

Ma belle-mère ne put s'empêcher de remarquer : « Pourquoi autant d'histoires ? À quoi ça rime, toutes ces larmes ? »

Ma *jaa*, ma belle-sœur, ne dit rien, mais il était évident qu'elle ne me quittait pas des yeux. Elle m'avait vue descendre avec le coffret, après tout.

On avait exposé Pishima sur un matelas au sommet de l'escalier. Tous les occupants de la maison s'étaient réunis. Il y avait un tas de voisins. Malgré tout, j'avais peur de me tenir à côté du corps. Et si elle me fusillait du regard ?

Les proches partirent pour la crémation assez tard dans la soirée. Se pliant à ma demande, mon mari n'y alla pas, prétextant qu'il ne se sentait pas bien. Tout le monde s'en moquait.

Je ne pouvais me résoudre à lui dire ce qui s'était passé. Il ne m'aurait pas crue. J'étais une nouvelle venue. Il risquait de mal me juger. Je m'inquiétais aussi parce que Pishima m'avait dit de veiller soigneusement sur le coffret. Mieux valait ne rien dire.

Les derniers rites pour Pishima furent accomplis. Les gens rentrèrent de la crémation. Le soleil se leva.

Une réunion de famille se tint au matin dans le logement du frère aîné de mon *shoshur*, mon beau-père. Je n'y fus pas conviée. J'attendis dans ma chambre, le cœur battant. J'étais sûre qu'ils discutaient des bijoux de Pishima et de la question de savoir qui hériterait du deuxième étage.

Une heure plus tard, je les entendis dans l'escalier. J'étais incapable de me rappeler où j'avais laissé les clés de Pishima. Je savais seulement que je ne les avais pas rattachées au coin de son sari. Mon mari redescendit une heure plus tard, le regard noir. En voyant son visage, mon cœur frémit d'une peur inconnue. Au bout de quelques minutes de silence, il gronda : « On n'arrive pas à remettre la main sur la boîte à bijoux de Pishima. »

Un tonneau de sang se répandit dans mon cœur. « La boîte à bijoux ? répétai-je d'une voix chevrotante.

— Oui, et pas une petite plaisanterie. Cent *bhoris* d'or. Quarante ou cinquante guinées d'or pur à eux seuls. La dot de Pishima. »

Je n'en revenais pas. Cela représentait plus d'un kilo d'or. Comment avais-je réussi à transporter un poids pareil au rez-de-chaussée ?

Mon mari avait l'air extrêmement soucieux : « *Boudi*[1], la belle-sœur, raconte des histoires sans queue ni tête.

---

1. Baro Boudi, femme du frère aîné.

Elle prétend savoir qui a pris le coffret. Mais elle refuse de donner un nom. Baba, mon père, pense que c'est Nanda Ghoshal. C'est lui qui se rendait le plus souvent chez Pishima.

— Impossible, l'interrompis-je. Cela fait des années que Nanda Ghoshal travaille ici.

— Exactement. Et il n'a jamais rien volé. »

Je me permis de lui faire remarquer humblement : « Ne vous souciez pas des bijoux de Pishima. En quoi nous concernent-ils ? »

Il me regarda avec stupéfaction : « Ne connais-tu pas la soif de l'or ? »

Je retrouvai ma voix. « Aucun être humain n'est détaché du désir. Depuis l'homme attaché au monde jusqu'au saint homme qui renonce aux plaisirs terrestres, personne n'en est délivré. Même un dieu aspire à la dévotion du peuple. »

Mon mari me dévisagea avec un air de sidération. Il commençait à me découvrir. « Très bien, dit-il. Mais où le coffret a-t-il pu s'envoler ?

— Laissez les autres s'en préoccuper. Les soupirs malheureux de Pishima planeront toujours sur ses bijoux. Nous n'avons pas besoin de ce trésor. »

Mon mari sembla accepter cette idée. Il poursuivit donc : « Ma dit que nous devrions faire nettoyer le deuxième étage et nous installer là-haut. »

Je frémis : « À quoi bon ? Nous sommes très bien ici.

— Pas vraiment. Le rez-de-chaussée est sombre, envahi de moustiques. Il fait tellement plus clair là-haut et c'est plus aéré. Il y a beaucoup plus de place aussi. Dada[1] et Boudi n'iront pas s'y installer. Mes parents ne quitteront pas le rez-de-chaussée à cause des problèmes de cœur de mon père. Jetha-moshai, mon oncle, n'a pas besoin de trois pièces pour lui tout seul. L'étage restera inoccupé si on n'y emménage pas.

— Tant pis, qu'il reste inoccupé. J'aurais trop peur d'habiter là-haut. »

Mon mari sourit. Il était très beau quand il souriait. Je ne pus détacher mes yeux, j'étais sous le charme. « Voyons, il ne reste rien d'une personne après sa mort. De quoi as-tu peur ?

— Vous savez bien plus de choses que moi, murmurai-je. Mais je crois qu'il subsiste quelque chose d'une personne, même après sa mort. Ne me demandez pas de vivre au deuxième étage. »

Il dit, l'air triste : « Cela fait si longtemps que j'avais envie d'habiter à l'étage après la mort de Pishima.

— Pourtant, nous sommes bien ici, répétai-je, en larmes. Vous ne trouvez pas ? »

Il n'insista pas davantage.

Pendant ce temps, une âpre dispute avait éclaté concernant le coffret à bijoux. Je m'inquiétai de ne pas entendre ma *jaa* y participer. L'oncle de mon mari parlait même de se rendre à la police.

Après le déjeuner, Bhajahari vint me trouver de la part de ma *jaa* pour me faire savoir qu'elle m'attendait sur la terrasse. C'était l'automne, mais je me rappelle qu'il y avait un grand soleil.

---

1. Dada : frère aîné. Terme de respect qui peut remplacer le prénom de la personne. Si on utilise le prénom, on ajoute le suffixe « -da » à la fin.

Elle me dévisagea d'un air féroce : « Tu ne t'es pas encore débarrassée du trésor, n'est-ce pas ?

— Pourquoi me dites-vous cela ? demandai-je à mi-voix.

— Ne prends pas ton air candide. Mais tu ne l'as pas étranglée toi-même, quand même ? Je dois me méfier de toi désormais. C'est affreux ! »

Je me tus. Ma *jaa* n'était ni jolie ni sans attrait. Maintenant qu'elle s'était empâtée, elle avait perdu la silhouette de sa jeunesse. Elle conservait un visage voluptueux, mais on y devinait une pointe de méchanceté qui devenait à présent bien visible. « Je n'ai révélé ton forfait à personne, m'avertit-elle. Je n'en vois pas la nécessité de toute façon. Mais je sais que Pishima avait cent *bhoris* d'or, au bas mot.

— Pourquoi me dites-vous tout cela ? demandai-je en feignant l'innocence.

— Ne me joue pas la comédie. Sinon, je raconterai tout à la police. D'ailleurs, Jetha-moshai, l'oncle de ton mari, est en train de les mettre au courant. Ils vont t'arrêter et te jeter en prison pour assassinat et vol.

— Mais je n'ai rien fait, protestai-je, effrayée.

— Nous saurons exactement ce que tu as fait dès qu'ils auront perquisitionné chez toi, à moins que tu ne t'en sois déjà débarrassée, bien sûr. Je n'ai jamais rencontré de femme plus dangereuse de ma vie. Tu es une vraie terreur. Je devrais prévenir Thakurpo[1], mon beau-frère. »

Les larmes jaillirent de mes yeux. À qui pouvais-je confier ma version ? Qui me croirait jamais ?

---

1. Thakurpo, terme désignant le frère cadet du mari et servant à s'adresser à lui.

« Ne compte pas m'amadouer avec des larmes, m'avertit ma *jaa*. Écoute, ce qui est fait est fait et, puisque tu as volé l'or, il n'y a qu'une solution : je veux la moitié. Cinquante *bhoris* cash. J'ai un bijoutier de confiance, il fera une répartition équitable. Personne n'en saura rien. La maison est vide à cette heure-ci. Nous partagerons le magot dans ma chambre. Ça marche ? »

Je ne répondis pas.

Au bout d'un moment, elle demanda : « Alors, tu veux tout garder pour toi, c'est ça ? »

J'allais avoir des ampoules à cause du sol de la terrasse surchauffé par le soleil qui me brûlait les pieds. Alors qu'elle portait des mules, j'étais pieds nus. Je m'efforçai d'oublier la douleur : « Vous me soupçonnez sûrement parce que je viens d'une famille pauvre.

— Je ne soupçonne rien du tout. Je t'ai vue de mes propres yeux. Tu ne viens pas seulement d'une famille pauvre, tu viens d'une famille sans foi ni loi. Tu vas avoir de sérieux problèmes si tu n'acceptes pas mon offre, je te préviens. »

Ébranlée, j'envisageai d'avouer. Au moins, je n'aurais pas à en porter seule le fardeau. Mais peut-être ne me croirait-elle pas. Que faire ?

Brusquement, je distinguai à l'autre bout de l'immense terrasse une veuve vêtue d'un simple sari blanc, et qui tirait sur un vêtement accroché sur une corde à linge. Elle se tourna vers moi.

Mon sang se figea malgré la chaleur. C'était Pishima.

À cet instant, une des jeunes filles qui habitaient dans notre immeuble monta sur la terrasse pour se sécher les cheveux. Elle s'assit juste en face de Pishima, en regardant droit devant elle. Mais son visage ne changea pas d'expression. Je compris qu'elle ne voyait pas Pishima.

« Pourquoi es-tu brusquement devenue blanche comme un linge ? s'enquit ma *jaa*. Tu as peur ? Tant mieux. Parce que, si tu n'avais pas peur, tu serais dans de sales draps. Alors que si tu partages les bijoux, tu n'auras rien à craindre. Je serai muette comme une tombe.

— Je ne sais rien, balbutiai-je. Faites comme il vous plaira. »

Je redescendis. J'avais reçu un tel coup au cœur en apercevant Pishima que je faillis m'évanouir en regagnant ma chambre. C'était l'heure où mon mari faisait habituellement sa sieste. Aujourd'hui aussi, il sommeillait. S'il avait pu voir dans quel état je me trouvais, il n'en serait pas revenu.

Je m'assis sans bruit près de la fenêtre. Une colombe roucoulait dans le silence de l'après-midi. Une odeur nauséabonde montait de la canalisation. Mon cœur cognait avec un bruit sourd.

L'après-midi se passa ainsi.

Quand mon mari se réveilla, j'allai à la cuisine pour lui préparer une tasse de thé. J'entendis alors des pas précipités dans l'escalier : quelqu'un descendait du premier étage en courant, puis mon *bhashur*, mon beau-frère, appela mon mari. Celui-ci gravit l'escalier à toute allure.

Bhajahari sortit peu après pour chercher le docteur Rudra.

Je restai en bas des marches, muette.

Bhajahari, qui descendait les marches, m'interpella : « *Boudi !* Vous n'allez pas le croire. Baro Boudi, votre belle-sœur, ne parle plus.

— Elle ne parle plus ? Que veux-tu dire ?

— Elle ne peut plus dire un mot. Elle arrive seulement à pointer son doigt sur quelqu'un et à grogner. »

Je poussai un soupir de soulagement. Mais qui ma belle-sœur pointait-elle du doigt ?

Personne ne quitta la maison ce soir-là. Tout le monde avait l'air sombre. Ils étaient tous accablés par la mort, à laquelle s'ajoutait cette soudaine perte de la parole.

Mon mari redescendit au rez-de-chaussée. « Peux-tu aller voir notre belle-sœur, Lata ? Personne ne sait pourquoi elle a subitement perdu l'usage de la parole.

— Elle ne m'aime pas, murmurai-je. Mais j'irai si vous le souhaitez. »

Ma belle-sœur se redressa brusquement dans son lit dès que je surgis devant sa porte, puis elle commença à grogner très fort en me montrant du doigt. Je comprenais qu'elle entendait désigner ainsi le voleur. Mais personne ne comprit.

Mon beau-frère, Chatok Mitra, était un très bel homme, peut-être encore plus beau que mon mari. La peur et l'inquiétude se lisaient sur les traits aigus de son visage. Il me demanda, désemparé : « Que s'est-il passé, d'après toi, *bouma* ? Pourquoi se comporte-t-elle de cette façon ?

— Peut-être cherche-t-elle à dire quelque chose, suggérai-je à mi-voix.

— Mais quoi ? Arrives-tu à le deviner ? »

Je secouai la tête. « Non, mais sans doute nous le dira-t-elle quand elle sera remise.

— Même le docteur ne peut dire ce qui s'est produit si brusquement. Elle a la langue comme du bois. Je n'avais jamais entendu dire qu'on pouvait avoir la langue paralysée, et uniquement la langue. »

Ma *jaa* me fixait, les yeux exorbités, et me pointait du doigt avec insistance pour essayer d'attirer l'attention de son mari. Cela me fit peur.

Mon *bhashur* était un homme pacifique, inoffensif, qui avait toujours l'air de se ratatiner en présence de sa redoutable épouse. Il quittait rarement sa chambre, dont il ne sortait que le soir pour rencontrer ses amis. La plupart des hommes de la famille étaient des bouches inutiles, et ne faisaient jamais marcher leur cerveau, ayant pour habitude de dormir l'après-midi. Ils étaient démunis en cas de problème. Faute de s'en servir, leurs facultés s'étaient émoussées. Mon beau-frère était si déconcerté par l'état de sa femme qu'il ne pouvait interpréter ses signes.

Mais, si elle ne pouvait pas parler, il y avait d'autres moyens de communiquer. Elle pouvait aussi transcrire ses paroles. Peut-être n'y avait-elle pas encore songé à cause de la soudaineté du mal qui la frappait. Mais elle n'allait sûrement pas tarder à y penser. Et là, j'aurais vraiment des ennuis.

Brusquement, mon beau-frère prit un morceau de papier sur le bureau et me le tendit. « Tiens, lis ça. Peux-tu le déchiffrer ? »

Une seule lettre de l'alphabet était lisible, le « J ». Le reste n'était qu'un fatras de traits et de gribouillis.

« Elle a quelque chose d'important à nous dire, assura mon *bhashur*. Elle a essayé de le transcrire, mais elle n'a pas réussi. Je n'arrive pas à comprendre ce qu'elle a écrit. Seule la lettre « J… » était lisible.

J'avais immédiatement saisi de quoi elle voulait parler, mais pas lui. « A-t-elle la main paralysée aussi ? m'étonnai-je.

— Non. Il n'y a aucun problème avec sa main. C'est juste qu'elle n'arrive pas à écrire. »

Je m'efforçai d'afficher un air de désolation et je restai sur place. Je n'aurais pu dire que je n'éprouvais aucune compassion à son égard, mais ma peur dépassait, et de loin, ma compassion. Je n'avais aucune idée de ce qui se passait, ni pourquoi. Mais, incontestablement, il se passait quelque chose.

Mon beau-frère me dit : « Reste un moment avec elle. Je vais acheter des médicaments. »

Sa femme parut s'affoler et commença à s'agiter en entendant cela, elle se remit à grogner. Elle semblait demander à son mari de ne pas s'en aller. Il se tourna vers elle : « Il n'y a pas de quoi t'inquiéter. Lata va rester avec toi. Je reviens tout de suite. »

Et il partit.

Je n'avais encore jamais vu une expression de terreur comme celle qui gagna le visage de ma belle-sœur. Les yeux semblaient lui sortir de la tête, sa mâchoire pendait, elle avait le souffle court. Me précipitant auprès d'elle, je dis : « Qu'y a-t-il, Didi ? Tout ira bien, il n'y a rien à craindre. »

Elle se roula en boule, pleine d'effroi. Reculant jusqu'à coller son dos contre la tête de lit, elle dit, pleine d'effroi : « Ne me tue pas. Ne me tue pas. Je ne parlerai à personne des bijoux. Je le jure sur les dieux. Je ne veux pas partager. Tu connais la magie noire, tu as paralysé ma langue avec un de tes tours de magie. Je te le promets, je serai muette comme une tombe. Je t'en supplie, épargne-moi… »

Je fus déroutée de l'entendre parler malgré sa langue paralysée. Je la fixai un moment, perplexe. Elle me suppliait au milieu de ses sanglots. Ses mains tremblaient de manière incontrôlable. Elle était inondée de larmes et de bave. Je me sentis vraiment mal. Après avoir demandé à la femme de ménage de rester auprès d'elle, je regagnai ma chambre.

La police vint dans l'après-midi pour recueillir les témoignages. Bhajahari était sur le point de bafouiller quelque chose quand on le cuisina pendant l'interrogatoire. Mais allez savoir pourquoi, il blêmit et se tut brusquement. La police l'embarqua avec Nanda Ghoshal, les considérant comme suspects.

Mon mari et les membres de la famille commencèrent à discuter en détail du vol des bijoux. Je compris qu'ils s'attendaient à tous les récupérer après la mort de Pishima. Cela aurait pu renflouer les réserves d'or familial qui battaient de l'aile. Les hommes auraient alors profité de cette manne pour vivre encore quelques années sans avoir à lever le petit doigt.

Or je venais d'une famille pauvre. Dans mes rêves les plus fous, je n'aurais jamais imaginé que je posséderais un jour cent *bhoris* d'or. Comment allais-je supporter le poids d'une telle fortune ? Je fus gagnée par une nervosité grandissante les jours suivants, me sentant complètement déstabilisée. Je ne savais pas quoi faire. Cela m'aurait aidée de partager mon secret avec quelqu'un, mais c'était un secret si dangereux que je n'osais en parler.

En l'absence de Nanda Ghoshal, je dus cuisiner pour la famille. Ma *jaa* étant souffrante, elle ne pouvait quitter sa chambre. Ma *shashuri*, ma belle-mère, ne rajeunissait pas. Les domestiques n'étaient pas disponibles non plus. Mais j'étais soulagée d'avoir l'occasion de préparer les repas. Au moins, j'avais quelque chose à faire. Cela m'aidait à passer le temps en m'occupant l'esprit.

Ce soir-là, je fis du mouton pour tout le monde. J'étais une bonne cuisinière, on me faisait toujours des compliments. Je venais à peine d'installer le pilon et le mortier pour broyer les épices quand j'aperçus le coin d'un sari blanc derrière la porte entrouverte. Quelqu'un se tenait dehors. Il n'y avait pas de veuve dans la famille. La peur me figea sur place. Mon corps se pétrifia.

J'entendis un soupir. Pas de doute, c'était la voix de Pishima, étouffée. « Tu cuisines du mouton ? »

Mon cœur vacilla. Cependant, comme ce n'était plus une nouveauté, je parvins à bredouiller : « Oui.

— L'odeur est merveilleuse. »

Je restai assise en silence.

« Ça fait une éternité que je n'en ai pas mangé, au point que j'en ai oublié le goût. Tu es douée en cuisine ?

— Je ne sais pas, balbutiai-je d'une voix faible.

— Ça va être délicieux. Mais tu as oublié le sel. Mets-en une bonne pincée. »

Le sari blanc s'éloigna. Malgré mon envie soudaine de fuir la cuisine pour me réfugier dans ma chambre, je m'obligeai à rester. Car c'était sans doute ma destinée. J'ajoutai du sel, même si j'étais sûre d'en avoir déjà mis.

Ce soir-là, tout le monde trouva le mouton excellent, mais beaucoup trop salé. Personne ne put en manger. J'étais furieuse.

Plus tard, je demandai à mon mari : « Croyez-vous aux revenants ? »

Visiblement déconcerté, il demanda : « Non, pourquoi ?

— Rien. »

BOSHON

Le soir après notre pique-nique, une lune énorme se leva au-dessus de la montagne. Aucune d'entre nous n'avait jamais vu de lune pareille. Les sommets, la forêt, la rivière, les chemins caillouteux et les bancs de sable, tout semblait avoir plongé dans un conte de fées pour en ressortir transformé. Que la nuit était belle finalement ! Un certain nombre d'entre nous entonnèrent leurs chansons préférées, d'abord en les fredonnant tout bas, puis tout haut, puis en chœur.

Les cuisiniers et leurs aides s'affairaient à charger les casseroles et les poêles dans le camion. Mais nous n'allions pas rentrer tout de suite. Nous, les filles, on se tenait par la main et on chantait, puis on s'éparpilla dans toutes les directions sans s'arrêter de chanter.

« N'allez pas trop loin, crièrent nos professeurs. Nous partons dans une demi-heure. »

Qui s'en souciait ? On ne reverrait pas une nuit pareille de sitôt. Comment pouvait-on abandonner un endroit aussi sublime avec une lune aussi radieuse pour s'enfermer dans un trou ?

On ne resta pas ensemble. Un groupe aussi important que le nôtre était destiné à se séparer pour aller en bandes. C'est ce qui arriva. Quatre d'entre nous flânèrent le long du torrent. On s'était déjà promenées à cet endroit en plein jour, mais il était méconnaissable au clair de lune ; en plein jour, il n'y avait pas de rayons de lune qui jouaient dans l'eau, ni de monde enchanté.

De gros rochers étaient dispersés dans le ruisseau. Il fallait se rendre compte de la distance sur laquelle ce petit cours d'eau avait transporté ces amas de roches après les avoir arrachées au flanc des montagnes. Comme on était en hiver, le courant n'était pas particulièrement fort. Mais que l'eau était froide et limpide !

On s'assit toutes les quatre, deux par rocher. Pendant quelque temps, on chanta ensemble les Rabindrasangeet[1], toutes ces chansons qui parlaient de la lune et dont on se souvenait. Mais pour finir, on fit des fausses notes, puis on chanta les paroles de travers. « N'importe quoi », et on éclata de rire.

Priti était assise à côté de moi. Supriya et Simantini étaient sur l'autre rocher. On bavardait joyeusement.

On était gelées. Le froid était supportable, mais le vent du nord vous pénétrait jusqu'à l'os. Cet air glacial avait commencé à souffler après le coucher du soleil.

---

1. Poèmes du patrimoine bengali écrits et mis en musique par Rabindranath Tagore, prix Nobel 1913, les Rabindrasangeet, appelés les Tagore Songs, représentent quelque deux mille deux cent trente pièces qui émaillent les romans et autres œuvres de cet auteur prolifique.

Il traversait nos gilets et nos foulards pour nous infliger sur le corps de multiples morsures. Je ressentais le froid jusqu'au creux de l'estomac. Pourtant, c'était merveilleux d'être là.

On s'était séparées en deux groupes sans s'en rendre compte. Au début, on parlait toutes ensemble, mais avec le temps, Priti et moi bavardions d'un côté, et Supriya et Simantini de l'autre

Ce n'était pas drôle de discuter avec Priti. Elle ramenait sans arrêt Nitish sur le tapis. Nitish était son futur mari. Ils se voyaient depuis cinq ans. À présent, c'était Nitish par-ci, Nitish par-là. Nitish lui avait offert un flacon de parfum, Nitish l'emmènerait au Cachemire quand ils seraient mariés, Nitish lui avait dit, quand il avait eu une promotion : « Tu es mon porte-bonheur »… et ainsi de suite. On connaissait parfaitement son Nitish, et il n'avait rien de spécial. Mais à entendre Priti en parler, on aurait cru que Nitish était la perle rare.

Qu'est-ce que les filles recherchent chez les garçons ? Y a-t-il une fille qui soit capable de répondre à la question ? Même si notre cours était mixte, les filles avaient organisé leur propre pique-nique. Nous n'allions plus à celui des garçons parce qu'une fois, ils n'avaient pas été corrects. Les garçons roulent tellement des mécaniques devant les filles que ça gâche tout le plaisir du pique-nique. Et si encore ce n'était que pendant les pique-niques… C'est tous les jours pareil à l'université. Que ne font pas les garçons pour attirer l'attention des filles, pour qu'elles les prennent pour des héros ! Certains se mettent même de la poudre. Ceux qui sont baraqués n'arrêtent pas d'exhiber leurs muscles. Cela déclenche des fous rires quand on en parle dans le foyer des filles.

Priti brûlait de parler de Nitish. Brusquement, elle me dit : « Tu sais, Boshon… »

Je savais qu'elle allait aborder le sujet dans la foulée.

Je lui coupai la parole : « Quand dois-tu te marier, déjà ?

— Me marier ? s'exclama Priti. Pas avant avril. Cela pourrait même être en juin. Il n'aura même pas de congé, il a tellement de pression depuis sa promotion. "Nitish, lui a dit son responsable, il faudra fermer le bureau si vous vous absentez."

— Tu continueras tes études après ton mariage ?

— Évidemment. Mon beau-père et ma belle-mère ont été clairs : passe autant d'examens que possible, *bouma*. Tu n'auras à t'occuper de rien à la maison. Apprends, découvre, grandis. »

Je faillis éclater de rire. Priti était une étudiante médiocre. Elle ne risquait pas de pousser bien loin ses études. Et elle avait plutôt tendance à s'intéresser aux questions domestiques. Elle serait tellement prise par la maison et la famille après le mariage qu'elle ne se souviendrait même plus de ce qu'elle avait appris.

Priti reprit sa litanie concernant Nitish. J'étais transportée dans un monde inconnu par le clair de lune éthéré. Des fragments de ce que disait Priti flottaient de temps à autre jusqu'à mes oreilles. « Tu connais Nitish, combien il est honnête et droit… Il dit : "Tu es la force qui me guide." Ils n'exigent rien de ma famille, pas même une montre ou une bague… D'ailleurs, Nitish ne comprend rien à l'argent. Ce sera à moi de tout gérer… »

Pourquoi ne puis-je pas m'attacher à un homme de cette façon ?

Quand toute la nuée de filles étaient en route pour le pique-nique, aujourd'hui, une jeep avec une bande de garçons, dont aucun n'était bengali, nous a suivis sur une bonne partie de la route. Les professeurs nous ont dit de ne pas les regarder. Ils sifflaient, chantaient des chansons tirées de films hindis, faisaient des gestes avec les mains. Comme les filles se tordaient de rire et se poussaient du coude ! Pour ma part, je bouillais de rage.

Le fils de ma *pishi*, ma tante, a un collègue, un ingénieur, qui vient d'être muté dans notre ville. Il y a un mois, alors que je le connaissais à peine, l'homme m'a brusquement interpellée : « Vous êtes libre ? »

J'y vois déjà clair dans le jeu des hommes. Il était évident d'après sa voix que c'était une affaire de cœur. « Ce qui veut dire ? » demandai-je, l'air sévère.

C'était le genre sûr de lui. Il eut un petit rire : « Autrement dit, puis-je aller plus loin ou pas ? Me donnerez-vous ma chance ? »

Je répondis : « Je suis libre, et je veux le rester. »

Il encaissa sans broncher : « Merci. »

Fin de l'histoire.

Deux professeurs et un docteur m'ont également demandée en mariage, l'un après l'autre. Pas à moi directement, mais à mon père, qui a répondu : « Laissez-moi poser la question à ma fille. »

Je les ai refusés.

Je ne sais toujours pas pourquoi je ne peux pas faire confiance à la gent masculine.

Je me laissai glisser au pied du rocher : « Je vais me promener, je n'ai plus envie de rester assise ici. »

Je m'éloignai toute seule. Il n'y eut personne pour m'accompagner.

La voix haut perchée de l'une de nos enseignantes, Monica-di, me parvint : « Venez, les filles. Le chauffeur n'attendra pas plus longtemps. Son contrat s'arrête à vingt-deux heures. »

Je savais que tout obéissait à des règles. J'allais devoir m'arracher à cette liberté, à cet abandon, à cette promenade de rêve en pleine nature sous la lune magique, pour rentrer chez nous. Comme je devrais un jour porter une robe de cérémonie pour prendre place sur le siège de la mariée.

La femme et l'homme sont censés se compléter. Je ne suis pas d'accord. Je pense que je me débrouillerai bien mieux sans homme.

Je m'en allai vers le lointain, main dans la main avec la solitude, ma meilleure amie.

Amalesh avait coutume de passer devant chez nous sur le chemin de l'école. Grand et mince, la chemise dûment boutonnée jusqu'au menton, vêtu d'un *dhoti,* un pagne de toile grossière, les cheveux soigneusement peignés, il marchait droit devant lui, le regard fixé vers l'horizon. Il habitait trois portes plus loin dans la rue – dans une bicoque faite de clôtures en bambou pour les cloisons avec un toit en fer-blanc. Son père était instituteur de maternelle. Il ne portait jamais de chemise, enveloppant seulement son torse nu dans un châle léger. La mère d'Amalesh venait parfois chez nous pour emprunter du riz ou du sel quand ils étaient à court. C'est elle qui a dit qu'Amalesh allait souvent à l'école le ventre vide, quand il n'y avait plus rien à manger à la maison. Elle le déplorait : « Le garçon est doué pour les études, mais je n'ai même pas de quoi le nourrir. Jusqu'où pourra-t-il aller, le ventre vide ? »

Amalesh était l'un des meilleurs élèves de l'école. Mais, sorti des études, rien ne l'intéressait. Les livres, et seuls les livres, étaient ses fidèles compagnons. Il passait devant le terrain de football sans le moindre signe d'intérêt pour la partie. Il n'allait pas au cinéma, ne bavardait pas avec des amis. Il se limitait à une seule chose : exceller aux examens, être le premier de sa classe, et passer au niveau supérieur. « Un brave garçon, disait tout le monde. Un très brave garçon. »

Je le connaissais depuis l'enfance. Les mêmes vêtements. Les cheveux peignés à l'identique. Je ne l'avais jamais vu relever ses manches.

J'étais encore une enfant, je devais avoir sept ou huit ans, quand Amalesh était en classe de troisième. Il était sérieux pour son âge. Il n'allait jamais voir personne, mais ses deux petites sœurs et un de ses petits frères venaient souvent chez nous pour recevoir des friandises pendant les fêtes religieuses. Ma leur donnait nos vieux habits, qu'ils étaient heureux de porter.

Seul Amalesh-da était différent. On aurait dit qu'il n'était pas concerné par les autres gens, comme s'il s'était perdu en chemin pour arriver dans ce monde, auquel il était totalement détaché.

Je me souviens des garçons du voisinage qui jouaient au football avec une balle de tennis dans la rue quand Amalesh-da passait par là. Un jour, brusquement, la balle tartinée de boue le frappa en pleine poitrine, laissant une tache sur sa chemise blanche. Quelqu'un d'autre se serait arrêté, agacé, aurait peut-être rouspété. Mais Amalesh-da ralentit le pas, juste le temps de baisser la tête pour regarder la tache. Puis il passa son chemin en silence.

Je n'avais pas dix ans et je m'habillais encore en robes de princesse, quand Amalesh-da décrocha la neuvième place au concours général des lycées de tout l'État. Sa mère dit à la mienne : « Il est accepté dans toutes les grandes facultés de Calcutta, mais je doute qu'on ait cette chance. C'est tellement cher. »

L'événement fit grand bruit. Un tel exploit n'était pas courant dans notre petite ville. Deux réceptions furent organisées, l'une au lycée et l'autre à l'hôtel de ville, pour faciliter la tâche à Amalesh-da. Je chantai la chanson de bienvenue avec deux autres filles lors de la réception à la mairie. Je fus chargée de lui passer la guirlande et de déposer le *tilak* de cérémonie, la pâte de bois de santal sur son front. Il dut se pencher pour que je puisse l'atteindre. Il était tellement intimidé qu'il avait les yeux collés au sol. À peine eus-je placé la guirlande à son cou qu'il la retira. Il n'y avait aucune lueur de fierté sur son visage. On devinait qu'il aurait été soulagé s'il avait pu se cacher.

Amalesh-da ne put aller à Calcutta pour poursuivre ses études. Il fut admis dans un établissement local, et continua à passer devant notre maison comme avant. Seul changement notable, il avait grandi, et il avait un soupçon de barbe. Il décrocha de nouveau la première place au concours suivant, ce qui fit de nouveau sensation.

Quelquefois, je demandais à sa sœur Sumita : « Amalesh-da ne s'intéresse-t-il à rien d'autre qu'aux livres ?

— Non, c'est tout ce qui compte pour lui.

— Il bavarde avec vous ?

— À peine. Dada, notre grand frère, nous fait peur. On a une telle trouille quand il nous fait étudier.

— Il vous fâche beaucoup ?

— Non, pas du tout. Mais sa façon de nous regarder avec ses yeux froids, ça nous suffit. Il ne parle pas beaucoup. Quand il le fait, c'est seulement avec maman. »

Je ne sais pour quelle raison, j'étais intriguée par Amalesh-da. Qu'y avait-il derrière son attitude distante ? Avait-il un mauvais caractère ou lui arrivait-il parfois de prendre les choses à la légère ? Était-il un pantin, ou un être de chair et de sang ?

Mais nous nous rendions rarement chez eux. Il n'y avait pas de quoi s'asseoir. Ils étaient terriblement angoissés quand on leur rendait visite, se précipitant pour aller acheter, toujours à crédit, de quoi nous recevoir, ou pour se procurer du sucre pour le thé. Du fait de leur extrême pauvreté, ils se mettaient en quatre pour accueillir leurs invités dignement. De sorte que ma mère disait : « À quoi bon les déranger ? »

Les jeunes cadets d'Amalesh-da, Amita, Sumita et Alakesh, excellaient dans leur catégorie. Mais aucun n'était aussi réservé ou obsédé par les livres que l'était l'aîné de la fratrie. Alakesh était bon au football et au badminton. Sumita et Amita chantaient et brodaient.

J'approchais de la puberté. Mon corps et mon cœur étaient en plein tourment. Mes premières règles déclenchèrent un mélange de peur et d'excitation. Une kyrielle de fenêtres inconnues semblaient s'être brusquement ouvertes. Mon corps subissait toutes sortes de transformations embarrassantes, et le monde extérieur aussi.

C'est alors que je fis la chose la plus stupide de ma vie. La honte me donne encore envie de me rouler en boule. J'adressai une lettre à Amalesh-da. Il n'y avait rien de répréhensible dedans. J'avais simplement écrit : « Je veux vous rencontrer. Je vous aime beaucoup. »

Ma lettre resta sans réponse.

J'allai trouver ma mère : « Dis à Amalesh de me donner des leçons particulières, maman. Il travaille tellement bien. »

Elle ne fit pas d'objection. Mais après s'être renseignée, elle me dit : « Il ne donne pas de leçons. Il est très timide, comme tu sais. »

L'histoire aurait pu en rester là. Je supposai qu'Amalesh-da n'avait pas reçu ma lettre.

Mais ce n'était pas le cas. Un jour, Sumita me dit : « C'est bizarre. Dada, mon grand frère, a posé des questions sur toi hier. »

Je sursautai : « Qu'a-t-il demandé ?

— Qui tu étais, où tu vivais, ce genre-là. »

Quelque chose d'étrange se passait dans mon cœur. La peur, le doute, l'émotion. Amalesh-da ne lui avait pas parlé de ma lettre, j'espère. Je ne pouvais plus respirer.

« Qu'a-t-il dit d'autre ? demandai-je.

— As-tu déjà fait des grimaces à Dada ? Tu t'es moquée de lui, ou quoi ?

— Pourquoi aurais-je fait ça ?

— Il avait l'air un peu furieux. Du coup, je me suis dit : oh, mais peut-être que Boshon s'est montrée impolie avec lui. »

Je fus effondrée. Furieux ? Pourquoi était-il furieux ? Était-ce si mal qu'une fille lui propose son amitié ?

« Mais alors je lui ai dit : Boshon est une fille formidable, poursuivit-elle. Elle est excellente dans ses études, et aussi en musique. Et c'est une fille très discrète. Jamais de problèmes de conduite. »

Amalesh-da cessa de passer devant chez nous. Il y avait un grand champ de l'autre côté de la rue. Il prit l'habitude de le contourner.

Le monde vola en éclats sous l'effet de mon humiliation. Alors même que la puberté avait tissé une toile de mystères autour de moi, qu'une multitude de lumières dansaient dans l'univers que je m'étais inventé, cet affront implacable apparaissait comme une manifestation de mépris pour ma féminité naissante. Le monde qui m'était familier fut pulvérisé. L'accablement sans fin du veuvage parut émerger lentement des ténèbres de l'au-delà.

Une autre fille n'aurait pas réagi de la même façon. C'était l'âge de prendre son envol. La puberté est le moment où les filles sont volages, impulsives, superficielles. Il est impossible de fixer son choix parmi la multitude. Beaucoup d'entre elles aiment attirer l'attention. Mais je ne suis pas comme les autres. Je suis Boshon. Je suis née avec une étrange mélancolie en moi.

Si quelqu'un me demandait aujourd'hui : « Étais-tu tombée amoureuse d'Amalesh ? », je ne serais pas capable de répondre, la main sur le cœur : « Oui », car ce serait un mensonge. Je n'avais jamais échangé un mot avec lui, ni même un regard. Amalesh-da n'était ni séduisant, ni sportif, ni sûr de lui, c'était juste un brave garçon. Les filles tombent rarement amoureuses de ceux qui ne sont que de braves garçons. Je voulais simplement être son amie, j'ignore pourquoi. Quand j'ai éprouvé l'envie d'avoir un ami, je n'ai pensé qu'à lui.

Il ne daigna pas même répondre à ma lettre, et il se contenta dorénavant de faire un détour. Il était en colère contre moi. À cet âge, il n'en fallut pas plus pour faire naître en moi le dégoût des hommes.

Amalesh-da décrocha une bourse et il partit pour Calcutta. Un peu plus tard, il s'en alla à l'étranger. Leur abri de fortune fut rebâti correctement. Un étage supplémentaire y fut ajouté. Les signes d'une prospérité nouvelle apparurent dans cette famille ruinée. Même si elles ne furent pas les premières de la classe, Sumita et Amita obtinrent de bonnes notes à leur diplôme de fin d'études. Puis ce fut au tour d'Alakesh de passer ses examens. Tout le monde savait qu'il allait nécessairement décrocher la bourse du district. Leur famille était devenue très proche de la nôtre. Personne ne savait ce qui s'était passé entre Amalesh-da et moi. D'ailleurs, il n'y avait pas de quoi en faire une histoire.

Et pourtant, cet événement silencieux, anodin, transforma le cours de toute ma vie.

Je marchai longtemps dans le clair de lune en tenant par la main la solitude. Désormais, j'aimais être seule. Ce grain de mélancolie, cette infime tristesse, le poids léger de l'humiliation de jadis sur mon cœur, ce mal de vivre subtil, cette pointe de jalousie… Tout cela garnissait mon existence. Elle aurait été beaucoup trop fade autrement.

Grossi par l'hiver, le torrent avait étalé un tissu de sable fin. La lune était presque éblouissante. Elle brillait tellement qu'on aurait pu retrouver une épingle. Je m'arrêtai à un coude de la rivière. Une colline isolée se dressait sur l'autre rive. Silencieuse, muette, immobile. L'eau gargouillait entre mes pieds. Je pouvais distinguer le gravier sur le lit du ruisseau au clair de lune. Fixant le vide qui s'étendait à l'infini, il me vint brusquement à l'esprit que j'avais une chance inouïe d'être aussi seule, que personne au monde ne m'attendait. C'était le mieux pour moi.

La voix de Shobhana-didimoni m'arriva portée par le vent, semblable à un cri de détresse. « Boshon, Boshon, où es-tu, tout le monde est dans le camion. Viens tout de suite. »

Je revins, après avoir secrètement versé un soupir auprès du clair de lune et de la solitude.

Les professeurs me réprimandèrent allègrement. « Tu es complètement irresponsable ! Tu te rends compte de l'heure qu'il est ? Une seule personne qui retarde tout le monde. Je ne sais pas ce qui ne tourne pas rond chez vous, mesdemoiselles, de nos jours. »

J'aime être toute seule, mais cela ne me dérange pas non plus de me trouver en groupe. Je m'oublie dans les rires, les plaisanteries et les conversations. On dirait que je suis deux personnes à la fois. Remonter mon sari et me hisser dans le camion déclencha une franche partie de rigolade. Les sept enseignantes étaient installées sur une natte tandis que les filles s'entassaient au milieu des casseroles et des poêles à frire. Neuf ou dix d'entre nous s'assirent sur le toit de la cabine, mais certaines devaient se tenir debout. Nous étions très serrées. Quand les professeurs nous dirent de ne pas nous mettre sur la cabine, certaines des filles redescendirent pour se jucher de nouveau sur les casseroles et les seaux, qui n'étaient pas stables à cause des manches qui s'entrechoquaient à chaque mouvement du camion. Tout le monde se tordait de rire.

Après un moment, les rires cédèrent de nouveau la place aux chansons. Le camion se rapprochait de la ville. Nous avions quitté la sublime vallée du clair de lune pour avancer vers nos maisons exiguës, des cagibis. Pourquoi les humains ont-ils appris à bâtir des maisons ? Dans les temps anciens, ils habitaient dans les montagnes et les cavernes, sous les arbres. Peut-être avais-je été moi aussi une femme des cavernes lors de lointaines vies antérieures, chassant les animaux avec des pierres, faisant rôtir leur chair, vagabondant au hasard parmi les montagnes et les forêts. Une vie libre de toutes entraves.

Nos chansons, nos bavardages et nos rires nous amenèrent à mi-chemin du trajet du retour. Il serait dix heures bien sonnées quand on arriverait en ville, après quoi, on devait nous déposer dans chacune de nos maisons. Mais chaque destination provoquait des hésitations. Au moment où Bandana-didimoni jetait un œil à sa montre et disait à Shikha-didimoni : « Nous devrions être rentrées dans une heure », le camion commença à être pris de hoquets.

Cela aussi nous fit pouffer.

Shobhana-di remarqua, agacée : « J'en ai assez de ces gloussements. Qu'est-ce qui cloche avec ce camion ? Demandez au chauffeur. »

Il était inutile de poser la question. Le camion s'arrêta net sur le côté de la route. Le chauffeur et son assistant débarquèrent, soulevèrent le capot et regardèrent en dessous à la lueur d'une lampe torche.

« Qu'est-ce qui ne va pas ? s'enquit Madhuri-di au chauffeur.

— C'est l'accélérateur. De la poussière dans le diesel, répondit celui-ci.

— On va repartir, non ?

— Bien sûr. Je vais arranger ça.

— Cela ne va pas prendre trop longtemps ?

— Cinq minutes. »

Cinq minutes s'allongèrent en quinze. Puis une demi-heure passa.

Les professeurs anxieux regardaient par-dessus la rambarde. « Pourquoi ne pas nous dire quel est le problème ? Nous sommes responsables de ces filles. Le camion va-t-il pouvoir repartir ? »

Le chauffeur dit d'une voix mal assurée : « On essaie, Didi. La pompe fonctionne. »

Shobhana-di explosa, excédée. « Comment peut-on à ce point manquer du sens des responsabilités ? Comment avez-vous pu entreprendre le voyage avec un camion en mauvais état ? Qu'allons-nous faire maintenant ? Nous avons encore du chemin devant nous.

— Ce sont des machines, Didimoni. On ne peut pas toujours savoir à l'avance comment elles vont se comporter. Il a été révisé la semaine dernière seulement. »

On comprit bientôt que le camion avait de gros problèmes. Les filles cessèrent de rigoler. Les professeurs étaient dans une rage noire.

Indira-di déclara : « Même si le camion est en panne, il faut absolument qu'on rentre. Arrêtez un autre camion », ordonna-t-elle au chauffeur.

Son auxiliaire s'y employa. Mais comme il était tard et que c'était un jour de fête, les camions étaient rares sur la route. Toutefois, l'un d'eux s'arrêta. Il était bourré de caisses de thé. Le chauffeur descendit, tenta d'aider à réparer notre camion, puis renonça et repartit. Deux autres ne firent pas même mine de s'arrêter. Une voiture le fit, mais elle contenait quatre hommes ivres. L'un d'eux dit : « Tu fais de la traite des femmes avec quel pays, mon pote ? Tu les expédies à Abu Dhabi à la faveur de la nuit ou quoi ? »

Un des passagers un peu moins soûl dit : « Tu ne vois pas que ce sont des jeunes filles de bonne famille ? C'est un pique-nique. »

Le troisième dit : « Mets-lui une bière dans le réservoir, monsieur le chauffeur. Et ton camion va voler. »

Environ une heure plus tard, notre chauffeur essaya de faire démarrer le camion. Les grondements nous rendirent espoir, mais le camion ne bougea pas.

Indira-di se lamenta : « Mais il est déjà très tard. Qu'allons-nous faire ? »

Le chauffeur dit, extrêmement gêné : « La batterie est à plat. »

Shobhana-didimoni demanda : « Que faut-il faire ?

— Il faut juste pousser.

— Qui va pousser ?

— Les didimonis voudraient-elles nous donner un coup de main ? Pas grand-chose, juste pousser un peu. »

À peine le chauffeur eut-il prononcé ces paroles que toutes les filles proposèrent en chœur de l'aider. Pourquoi ne pourrions-nous pas pousser le camion ? Étions-nous des incapables ? N'avions-nous pas mangé du mouton à midi ? Nous sautâmes à terre. Les professeurs tentèrent de protester. « Attention ! Et si le camion se met brusquement à démarrer ? Ce n'est pas un travail pour des jeunes filles. »

Le camion était comme une maison. Même quand on se mit toutes à pousser, il ne bougea pas d'un poil.

Du fond du camion, Shikha-di appela : « Attendez, laissez-nous descendre, nous aussi. Tout le monde doit pousser ensemble. Arrêtez de rigoler bêtement. Vous n'aurez pas la force de pousser si vous avez le fou rire. »

Cela nous fit rire encore davantage.

Les professeurs s'extirpèrent du camion à reculons. Indira-di demanda : « Vous n'avez pas vu comment font les employées sur les lignes de chemin de fer ? Elles font "hop et hop" quand elles préparent les couchettes. Nous devons prendre exemple sur elles. »

Elle chantonna les premières paroles de *Khara Bayu Boy Begey*[1], un poème de Rabindranath Tagore.

---

1. « Le vent se lève / Les nuages sont noirs / Ô batelier / Rame sur ton bateau / Tiens bon la barre, je hisse la voile… / Rame,

« Je tiendrai la barre, hisse la voile, et toutes ensemble maintenant, oh hisse ! Tirez fort, oh hisse… »

Nous étions pliées en quatre.

Shukla piailla : « Mais on ne tire pas, Didimoni, on pousse !

— C'est pareil. »

C'était vrai. Nous étions tellement hilares que nous n'avions plus de force. Le camion ne devait même pas sentir nos efforts.

À la fin, nous avons cessé de rire. Le camion s'est mis à avancer lentement, avec une saccade chaque fois que le chauffeur essayait de démarrer le moteur.

Vrrrrroum vrrrrroum… Il revint brusquement à la vie, nous faisant toutes sursauter. Nous poussâmes des cris de joie.

Le voyage reprit sur la route à travers la jungle. Assise en équilibre dans un coin, je sombrai dans la mélancolie. Nous rentrions. Pourquoi rentrions-nous ?

Sans que je m'en aperçoive, Priti s'était assise à côté de moi. Elle me dit, en larmes : « Boshon, où ai-je perdu l'anneau de mon oreille gauche, d'après toi ?

— Comment le saurais-je ?

— Le crochet était mal fixé. Il a dû tomber quand on poussait le camion. Que dois-je faire ?

— Pourquoi tu t'inquiètes à ce point ? Le pique-nique était si agréable, avec une lune magnifique, ça vaut bien le sacrifice de ta boucle d'oreille pour l'occasion.

---

rame sur ton bateau. / Le bruit des chaînes porté par l'écho… » Rabindranath Tagore, *Khara Bayu Boy Begey*, chanson bengalie. « On ne peut traverser la mer en regardant l'eau simplement », dit Tagore.

— Tu es marrante. Ma mère va me passer un de ces savons.

— Laisse-la faire. Ton Nitish te donnera des tas de bijoux. »

Priti s'exclama, indignée : « Oui, je sais qu'il va m'offrir des bijoux. Mais je dis quoi à ma mère en attendant ? »

Une boucle d'oreille perdue avait suffi pour que la nuit, la lune, la fabuleuse richesse de cette soirée ne représentent plus rien aux yeux de Priti. Elle avait l'air sombre. Ces choses n'étaient pas faites pour des filles comme elle. Pour Priti, il y avait des pièces défraîchies, des maris, des familles, et une maison à diriger.

Et pour moi ? Je n'en savais rien.

Je me sentis brusquement prise de pitié pour elle. Elle avait l'air tellement abattue. « Ne peux-tu pas te dire que la boucle d'oreille n'est pas perdue ? lui demandai-je.

— Comment pourrais-je le croire ? Comment est-ce possible ?

— Pourquoi pas ? La boucle doit se trouver encore là où elle est tombée. Non ?

— C'est vrai.

— Alors, elle est certainement quelque part. Eh bien, dis-toi que tu as décidé de la laisser à cet endroit.

— C'est absurde, ce que tu racontes. »

En rentrant tard la nuit, j'allai me coucher après avoir reçu quelques mots de réprimande. Je mis longtemps à trouver le sommeil. J'avais l'impression d'être soûle. Ma petite boîte à secrets débordait de bonheur ce jour-là. Le couvercle refusait de se refermer. Comment pourrais-je dormir ? C'était comme les jours où maman n'arrivait pas à rentrer tout le sucre du paquet dans la boîte. Elle essayait de tout faire tenir, mais il y avait un trop-plein. C'était agaçant ! J'étais dans la même situation, le même état.

Priti avait perdu une boucle d'oreille. Et moi donc ! J'avais laissé toute mon existence derrière moi, dans cette vallée solitaire. J'étais encore là-bas, en train d'errer. Les cheveux flottants, à pas lents, une chanson au fond de la gorge, tandis que la lune géante répandait alentour une poudre d'or. Le bruit étouffé des remous qui s'écrasaient sur les galets de la rivière… Aussi beau qu'un rêve profondément enfoui, impénétrable.

Je suis certaine que je serai un fantôme après ma mort. Je hanterai les montagnes les plus reculées du monde, et les forêts, et les plages de sable. J'éclaterai de rire quand se déchaînera la tempête. Je serai trempée par la pluie. Plus jamais je ne renaîtrai femme.

Brusquement, au cœur de la nuit, j'entendis la folle qui avait épousé un membre de la famille Chatterjee chanter sur tous les tons : « Fais des économies, le plus d'économies possible, ne mange pas de miel, le travail n'est pas un jeu, fais des économies, le plus d'économies… »

Je ne pouvais rester au lit. Elle me faisait mal au cœur. Sa chambre donnait juste en face de ma fenêtre, il n'y avait que deux ou trois mètres entre les deux. Quand Sreemoyee était entrée dans la famille quatre ans plus tôt, tout le monde avait prédit qu'elle devrait se tuer au travail. Les Chatterjee étaient des pingres et c'était pratiquement de famille. Le grand-père était radin, le père était radin, le fils était radin. Charu Chatterjee était avocat. Il ne lui suffisait pas que ses clients lui paient ses honoraires, il se tenait aussi au courant des légumes qui poussaient dans leurs jardins sans négliger de faire main basse sur ce qu'il voyait dans leur maison. Charu Chatterjee gagnait coquettement sa vie. Son fils Sumit était fonctionnaire. L'amidon de riz, les épluchures de légumes, la balle du blé, ils ne jetaient rien.

La nouvelle mariée ne supportait pas une pareille avarice. Elle devint folle au moment de la naissance de son enfant. Le bébé qu'elle attendait était gros, ce qui rendit la naissance difficile. La sage-femme, paniquée, réclama la présence d'un médecin et un accouchement par césarienne. Ils finirent par la conduire à l'hôpital, mais il n'y avait pas de place. Les maternités privées ne manquaient pas dans la ville, mais les Chatterjee n'essayèrent pas d'y aller. Sreemoyee faillit mourir dans un couloir de l'hôpital. À un moment donné, un jeune gynécologue, voyant son état au cours de sa ronde matinale, organisa une césarienne à l'hôpital. Sreemoyee survécut, mais pas son bébé. Le choc provoqué par la mesquinerie de son beau-père et de son mari ajouté à la perte de son enfant lui fit perdre la tête. Désormais, elle ne pouvait que rire, pleurer ou chanter. Mais en plus, elle effectuait les corvées ménagères.

J'ouvris ma fenêtre et scrutai leur maison. La fenêtre face à la mienne était ouverte aussi. Sreemoyee, les cheveux défaits, s'y tenait malgré le froid. Elle était la fille unique d'une veuve. Les frères de sa mère n'avaient pas participé aux frais pour le mariage. Et comme sa mère était morte depuis deux ans, Sreemoyee n'avait pas même une maison à elle. Elle se consumait, elle se mourait.

Quelquefois, je criais par la fenêtre : « Ne peux-tu pas mettre le feu à la maison, Sreemoyee ? Asperge-la de kérosène et craque une allumette. Qu'ils meurent tous brûlés vifs ! »

Ma mère m'avait grondée quand elle m'avait entendue. Les Chatterjee étaient furieux contre moi. Ça me faisait une belle jambe ! Je mettrai le feu à leur maison un jour si Sreemoyee ne s'en chargeait pas elle-même.

J'appelai à mi-voix : « Sreemoyee ! »

Elle arrêta de chantonner. Après un silence, elle dit : « Quoi ?

— Pourquoi ne dors-tu pas ? Comment peut-on chanter à une heure pareille ? »

Sreemoyee répliqua : « Quelle lune, ce soir !

— Tu aimes la lune ?

— Non. Je n'aime rien. J'ai envie de pleurer.

— Va te coucher. Dors.

— Je vais me transformer en fée et m'envoler cette nuit.

— T'envoler où ?

— Dans l'air. Tu as déjà pris l'avion ?

— Jamais.

— C'est comment ?

— Je n'en sais rien.

— Ça fait peur ?

— Je serais morte de trouille. Va dormir.

— Je ne vais pas me coucher maintenant. Quelle lune. »

Sreemoyee recommença à chantonner. Fais des économies…

Je baissai la voix : « Sreemoyee !

— Quoi ?

— Tu ne connais pas d'autres chansons ?

— Si.

— Lesquelles ?

— Je ne sais plus.

— Celle-ci est affreuse. Chantes-en une jolie. Tu connais celle sur les sourires de la lune ?

— Non !

— Je vais te l'apprendre.

— Je ne veux pas l'apprendre.

— Ne chante plus celle-ci. Elle est terrible.

— C'est la seule que je puisse chanter.

— Est-ce qu'ils te disent sans arrêt de faire des économies ?

— L'argent est tellement précieux. »

Je fermai la fenêtre avec un soupir. En me passant de l'eau sur le visage dans la salle de bains, je décidai de ne jamais me marier. Hors de question. Plutôt mourir. Et si je pouvais me transformer en fantôme, j'irais vagabonder par les vallées, les montagnes, les forêts, les rivières, en chantant, les cheveux flottants…

SOMLATA

« C’est du poisson séché que tu cuisines ? Quel fumet exquis !

— Bien sûr que non. On ne mange pas de ça ici.

— Voyez-vous ça, c’est la reine Victoria ! On ne mange pas de poisson séché ici. Pourquoi donc ? Bien relevé de piments, avec de l’ail et de l’oignon. Pourquoi n’en manges-tu pas ?

— Ça empeste.

— Que ça empeste ! D’où vient cette odeur alors ?

— De chez les voisins, peut-être.

— S’ils peuvent en manger, pourquoi pas toi ? Pourquoi prends-tu ces airs dégoûtés ?

— L’odeur vous plaît ?

— Je suis veuve, tu te souviens ? Comment pourrais-je dire que ça me plaît ? C’est un péché. Qu’est-ce que tu fais cuire ?

— Du poisson.

— Quel genre ?

— De la carpe koï au chou-fleur.

— Quel genre d'assaisonnement ?

— Nous ne mettons pas d'assaisonnement dans le poisson.

— Tu parles comme tu t'y connais, question cuisine ! Tu dois ajouter le *paanch phoron*, les cinq épices.

— Très bien.

— Et aussi de l'huile, une pincée de sucre, un peu de bicarbonate de soude. Et vois ce que ça donne.

— D'accord.

— Mange tout le poisson que tu peux. Encore deux mois. »

Mon cœur se serra. Pishima se tenait devant la porte ouverte de la cuisine. Il faisait sombre là-bas. On ne distinguait que son sari blanc. Je lançai un regard dans sa direction : « Pourquoi dites-vous ça ?

— Tu vas devenir veuve, tu sais. »

Mes yeux se remplirent de larmes, des vagues s'écrasèrent contre mon cœur. Je demandai : « Pourquoi se produirait-il une chose pareille, Pishima ?

— Pourquoi pas ? Pourquoi serais-je la seule à souffrir ? Pourquoi pas toi aussi ?

— Qu'ai-je fait, Pishima ? Ai-je commis un péché ?

— Et moi, quel péché ai-je commis ? Es-tu enceinte ?

— Je n'en sais rien.

— Il mourra aussi si tu l'es. Pas besoin d'enfant. Ne couche plus avec ton mari. Tiens-toi à l'écart. »

Je tremblai de peur. Le sari blanc se volatilisa. Faute d'attention de ma part, le curry de poisson fut carbonisé. Personne ne put en manger.

La nuit, je demandai à mon mari : « Crois-tu aux fantômes ? »

Il fut étonné : « Tu m'as déjà posé la question l'autre jour. Pourquoi ?

— Réponds-moi.

— Non. Les fantômes n'existent pas. As-tu peur des fantômes ?

— Je ne sais pas. Peut-être que oui.

— Tu es une femme forte. Pourquoi cette peur étrange ?

— Ce n'est pas exactement de la peur. Je ne puis l'expliquer. »

Il me serra étroitement contre lui : « Il n'y a rien à craindre », me dit-il.

Nous fîmes l'amour avec passion cette nuit-là. Puis mon mari s'endormit. Je me tournai et retournai dans mon lit, angoissée.

Il était impossible de savoir quand elle surgirait. C'était toujours à l'improviste, mais de préférence pendant que je cuisinais le dîner pour me donner de mauvais conseils. Le poisson et la viande se retrouvaient souvent avec des touffes de cheveux, des cendres ou des lézards morts. Comme j'aérais le matelas pour me débarrasser d'une invasion de fourmis, je découvris du sucre saupoudré dessus.

Un jour, je dis : « À quoi ça rime, tout ce que vous faites, Pishima ?

— Et pourquoi je m'en priverais ? Quel bonheur ai-je jamais connu ici-bas ?

— J'ai entendu dire que vous étiez le chef de famille.

— Mon œil. Ils me traitaient bien seulement à cause de mon coffret à bijoux. Ils ont accepté ma présence à cause de l'or. Sinon, cela fait longtemps qu'on m'aurait fichue dehors.

— Que voulez-vous maintenant, Pishima ?

— Je veux que ton mari crève, que ton enfant ne voie pas le jour, que tu sois veuve. Et puis je veux que tu crèves, toi aussi. Je veux que tout le monde crève. Que le monde entier soit anéanti. Que chaque maison brûle.

— Ciel !

— Oh, mes paroles t'ont déplu, n'est-ce pas ? Crève, saleté, qu'y a-t-il de mal à ça ? Quand tu seras comme moi, tu sauras que le seul bonheur est de voir le monde entier réduit en cendres. »

Mon mari n'est pas mort deux mois plus tard.

Un jour, depuis les ombres où elle rôdait, Pishima demanda : « C'est comment, hein ?

— De quoi parlez-vous ? » rétorquai-je.

Pishima dit avec une pointe d'embarras : « Ne fais pas semblant de ne pas comprendre. Toutes ces cochonneries que tu fais avec ton mari, quoi d'autre.

— Vous n'avez pas honte, Pishima !

— Peuh, quelle timide violette ! Est-ce un crime de demander ? Mariée à sept ans, veuve à douze, je n'avais même pas l'âge de comprendre. Avant même que mon corps se réveille, on m'a rasé les cheveux, j'étais réduite à un plat de riz par jour et je jeûnais pour *ekadoshi*[1]. Comment peux-tu comprendre ce que j'ai vécu ? Dis-moi comment c'est.

1. Les journées d'*ekadoshi*, dédiées à Vishnu, sont destinées à purifier l'âme et le corps. Les veuves des castes supérieures doivent jeûner pour *ekadoshi* au onzième jour du demi-calendrier lunaire.

— C'est bon.

— Va au diable, petite peste. Tout le monde sait que c'est bon. Donne-moi des détails.

— C'est gênant, Pishima.

— Alors, crève ! Crève, crève, crève. Crève tout de suite.

— Ce n'est pas possible ! Comment pouvez-vous parler comme ça ?

— Tiens, je vais me gêner ! »

Nous glissions vers la pauvreté. Nous étions à court d'argent. Les dépenses grimpaient. Un jour, mon mari me dit : « Tu avais raison. Nous devrions faire quelque chose. Mais quoi ?

— Pourquoi ne pas lancer une affaire ?

— Devenir des commerçants après la vie que nous avons menée ?

— Qu'y a-t-il de mal à cela ? Tout est acceptable en situation d'urgence.

— Où vais-je trouver l'argent ?

— J'ai reçu énormément de bijoux en cadeau de mariage. Tout provient de votre famille. Pishima m'a offert une parure en or qui représente au moins dix *bhoris*. J'ai une paire de bracelets, qui font pas moins de cinq *bhoris*. Une bague en diamant.

— Que dis-tu ? Tu veux que je vende tout cela ?

— Non, pourquoi devriez-vous le vendre ? Je le ferai et je vous donnerai l'argent.

— Et que te restera-t-il ?

— Il me restera vous. »

Pishima apparut cette nuit-là.

« Tu as donc vendu le collier que je t'avais donné.

— Oui, Pishima.

— Comment as-tu osé faire cela ? Tu succomberas à la lèpre.

— Je l'ai vendu parce que je ne veux pas mourir.

— Tu te souviens de ce qui est arrivé à Baro-bou, la femme de ton beau-frère ?

— Oui.

— Dois-je te régler ton compte à toi aussi ?

— Non, Pishima. Pardonne-moi. Nous n'avons pas le choix. Personne ne vend de l'or s'il peut faire autrement.

— Tu es une moins que rien, tu es capable de tout. Je t'épargne parce que tu es censée être mariée.

— Censée être mariée ? Que voulez-vous dire ?

— Si seulement je n'avais pas été une enfant veuve, j'aurais montré à tout le monde comment on prend soin de son mari. Mais le malheureux était déjà à moitié gaga quand il s'est marié. Avec les poumons malades par-dessus le marché. Il est tombé raide, d'un coup.

— Qu'auriez-vous fait s'il avait vécu ? »

Pishima dit d'une voix timide : « Tellement de choses. Je lui aurais donné tellement d'amour, comme toi. J'aurais veillé sur lui tout le temps. »

Je souris.

Elle reprit : « L'or était à vingt roupies le *bhori* quand je me suis mariée. Il est à combien maintenant ?

— Mille.

— Quoi ? Tu es une sorcière. Comment vas-tu arriver à digérer une telle fortune ? Sais-tu qu'il y a une malédiction sur l'or ? Ton magasin va péricliter. Comment as-tu pu transformer un homme de cette famille en commerçant ? Tu seras enterrée dans une fosse à ordures. Tu auras un bébé mort-né, crois-moi sur parole. »

Mon cœur frémit. Mon mari ouvrait le magasin avec un capital de quelques milliers de roupies seulement. Une grosse partie de l'argent était passée simplement dans les frais d'aménagement. Quand les travaux furent achevés, il ne restait plus assez d'argent pour acheter la marchandise. Il en avait emprunté un peu et s'était débrouillé pour démarrer. Mais il manquait d'expérience, il bâclait les comptes, et cela blessait son amour-propre en tant que descendant d'une famille aristocratique de s'adresser avec déférence à toutes sortes de clients. En outre, les amis et les gens qu'il connaissait se fournissaient chez lui à crédit. Un commis fut embauché, mais il s'enfuit un mois plus tard après avoir volé de l'argent et une douzaine de saris en soie.

Au désespoir, il me dit : « Il faut en finir. C'est un fiasco. »

Mais je refusai de déposer les armes. S'il était évident que nous étions en difficulté, si nous subissions d'énormes pertes, j'avais encore les cent *bhoris* des bijoux en or de Pishima. Je les vendrais au besoin. Survivre ou périr.

« Il y a toujours des hauts et des bas dans les affaires, lui assurai-je. N'ayez crainte. Je suis à vos côtés.

— Tu as dû vendre tes précieux bijoux.

— Vous êtes mon bijou le plus précieux. »

Mon mari était un esprit sérieux. Après un bref silence, il remarqua : « Personne ne m'avait encore dit ce genre de choses. Ton amour pour moi m'émerveille. Comment peux-tu aimer un pareil incapable ?

Je me rends compte aujourd'hui à quel point je ne suis bon à rien, complètement dépourvu des capacités nécessaires.

— Vous avez pratiquement renoncé à jouer de la *tabla*, remarquai-je avec douceur. Vos instruments se couvraient de poussière. Je les ai époussetés et nettoyés. Jouez-en de nouveau, vous vous sentirez mieux. Je jouerai de la *tampura*[1] pour vous accompagner. »

Ma proposition lui fit extrêmement plaisir. Sa bonne humeur revint après avoir passé un long moment avec sa *tabla*. « Tu as trouvé là un excellent remède », me complimenta-t-il.

Il était le centre de mon univers. Si je l'aimais, ce n'était ni pour sa beauté ni pour ses qualités. Je l'aimais parce que je ne pouvais faire autrement. C'était cet amour qui gardait en vie la flamme dans mon cœur. Je n'aurais pu expliquer cela à quiconque, pas même à mon mari. Je vivais et respirais pour lui.

Mais je prenais peur aussi s'il se blottissait trop sous mon aile. Cela ferait obstacle à sa virilité s'il était dominé par sa femme, et personne ne respecte ni n'estime un mari soumis, dépourvu de personnalité. Parfois, il se montrait réticent à se rendre au travail : « Tant pis pour le magasin aujourd'hui, je veux passer la journée avec toi. » Je me levais d'un bond : « Alors, c'est à moi d'y aller. »

J'usais d'un mélange de pressions, de cajoleries, de rigueur et d'amour pour le tenir occupé. Ces gens

1. La *tanpura* ou *tampura* est un instrument à cordes, semblable à un luth, qui joue un rôle fondamental dans la musique de l'Inde.

étaient par nature des paresseux et des jouisseurs. Si on lâchait les rênes le moins du monde, ils retombaient dans leur fainéantise.

Personne dans la famille n'avait été d'accord pour l'ouverture du magasin. Et surtout pas mon *shoshur*, mon beau-père, ni son frère, pas plus que mon *bhashur*, mon beau-frère. Il y avait sans arrêt des disputes. Mon beau-père convoqua son fils : « Comment un homme de ta classe peut-il se transformer en commerçant ? Tu as déshonoré notre famille. Quelle honte aujourd'hui quand nous rencontrons d'autres gens. »

Mon beau-frère était aussi extrêmement contrarié. On l'entendait souvent répéter à la table du dîner : « C'est difficile de marcher dans la rue. Mes amis me regardent de haut. »

Le frère de mon beau-père n'était pas très loquace, mais, de temps à autre, il lâchait : « C'est de la prostitution. Pas mieux que les putains. »

Ils savaient quel rôle j'avais joué dans l'ouverture du magasin. Un jour, ma *shashuri*, ma belle-mère, me fit venir. « Ils sont tous furieux contre toi. Mais franchement, je n'ai aucun reproche à te faire. Je suis heureuse que Fuchu ne végète plus, qu'il ne se rouille plus dans son âme et son corps. Ton *shoshur* voudra sûrement te parler ce soir. Ne crains rien. »

Mais j'avais peur, bien sûr. Je parlais rarement à mon beau-père, de même qu'à son fils aîné. Serai-je capable de m'expliquer ?

Je fus distraite tout l'après-midi. Brusquement, percevant une présence dans la chambre, je découvris le sari blanc familier dans un coin de la pièce : la même silhouette ténébreuse.

« Maintenant, on va commencer à rigoler. Ton *shoshur* a un foutu caractère, il va te fouetter aujourd'hui.

— Tant pis, dis-je.

— Écoute. Si tu fais ce que je te dis, tu vas t'en tirer sans un pli.

— Que dois-je faire ?

— Ton *shoshur* cache un secret. Tu le connais ?

— Non.

— Il entretient une maîtresse. Elle s'appelle Chameli. Elle habite près du canal. Il la comble de cadeaux. De l'argent, des bijoux. S'il te menace, dis-lui : je suis au courant pour Chameli. Ça le mettra sur la défensive. »

Je savais que les familles aristocratiques avaient des vices comme celui-ci. Il n'y avait rien de surprenant à ce que mon beau-père ait une maîtresse. Je me tus.

« Alors, tu ne le feras pas ? interrogea Pishima.

— Je ne peux pas dire des choses pareilles.

— Bien sûr que non. Tu veux en savoir plus ? Ton mari en a une aussi. Elle s'appelle Kamala. Tu crois qu'il est profondément amoureux de toi ? Foutaise. En quoi ta beauté ou tes qualités sont-elles exceptionnelles d'ailleurs ? Tu crois l'avoir dans ta poche ? Quelle blague. Il va voir Kamala dès qu'il en a l'occasion. »

J'étais électrisée. Mes yeux se remplirent de larmes.

Brusquement, j'entendis Pishima pleurer elle aussi. « Il n'y en a pas un pour rattraper l'autre. Tous des salauds, des porcs. Tu t'imagines que le frère de ton beau-père ou que ton beau-frère sont meilleurs ? Ils ont l'un et l'autre une concubine, même deux, une femme à la maison ne signifie rien pour eux. Tu crois qu'ils vont se contenter de leurs femmes ? Ils vivaient dans la débauche et, pendant ce temps, ils me laissaient jouer avec ma boîte à bijoux à la maison. Comme je suis une idiote, je suis tombée dans le panneau. Il y avait un serviteur appelé Ramkhelaon. J'étais dans la plénitude de la jeunesse. Et dans mon corps, c'étaient les grandes marées. Ramkhelaon était un jeune homme, si viril... Tu m'écoutes ?

— Ne m'en dites pas plus, Pishima, je vous en supplie.

— Pffft, voyez-moi ce modèle de vertu. Pourquoi ne te dirais-je pas toute l'histoire ? Écoute-moi bien. J'ai fini par faire passer le message à Ramkhelaon. Il est venu en pleine nuit. Je brûlais du désir de pécher, d'oublier l'abstinence d'une veuve. Mon corps était en feu. J'étais tapie comme une tigresse. Et voilà que cet idiot a glissé dans l'escalier et il est tombé. Quel spectacle ! Ton *shoshur* et son frère l'ont roué de coups au point que sa vie ne tenait qu'à un fil, et ils l'ont fichu dehors. Et quant à leur pieuse sœur enfant veuve, elle resta sur sa faim. Mais dès le lendemain, ils se parfumaient les poignets pour se rendre chez leurs maîtresses. Tu m'écoutes ?

— Tout à fait, Pishima.

— Tu pleures ? Pleure donc, pleure tout ton soûl. Vide tes larmes et que ton cœur brûle. Si tu veux survivre, lance à ton *shoshur* en pleine poire : je sais pour Chameli. Pigé ?

— Je ne peux pas faire ça, Pishima.

— Alors, crève, crève tout de suite. Que la lèpre t'emporte ! Que ton père crève, que ta mère crève, que tes frères et tes sœurs crèvent, que tes enfants crèvent. »

Je ne pouvais arrêter de pleurer. J'avais comme des kilos de briques sur la poitrine.

« Tu brûles, hein ? Alors, allume un feu sous leur cul. Qu'ils brûlent, eux aussi. Que toute la famille parte en fumée ! Ton beau-frère, ton mari… Enfonce-leur un pieu dans les fesses. Qu'ils crèvent du choléra ! Que la lèpre les emporte ! Tu m'écoutes ? »

Je fus incapable de répondre.

« Quand tu brûleras comme moi, tu comprendras. »

Le soir, tout le monde descendit au salon du rez-de-chaussée. Ma belle-mère vint me chercher. « Viens, *bouma*. Ils veulent te parler. Reste calme. »

Mon cœur pesait une tonne.

Mon beau-père s'éclaircit la gorge : « Assieds-toi, *chhoto bouma*, petite belle-fille. Nous avons à discuter de choses sérieuses. »

Je ne m'assis pas. Je restai debout près de la porte après avoir dissimulé mes cheveux sous le bout de mon sari.

« Toute cette affaire de commerce est humiliante pour notre famille, déclara-t-il. Cela n'a rien de respectable. Comment quelqu'un issu de notre lignée peut-il devenir un vulgaire marchand ? »

Je gardai le silence, la tête baissée.

Le frère aîné de mon beau-père renchérit : « Nous avons aussi appris que le magasin était financé par la vente des bijoux que tu as reçus en dot. Ces bijoux représentaient les bénédictions de tes aînés. Leurs bénédictions ne comptent-elles pas pour toi ? La vente des bijoux est une insulte à leur égard.

— D'ailleurs, quelle est la nécessité d'ouvrir un commerce ? s'insurgea mon beau-frère. Il existe d'autres secteurs d'activité aussi. Combien peut-on gagner avec un commerce ? J'ai entendu dire qu'il y a eu de lourdes pertes dès le tout premier mois. Un employé a volé dans la caisse et s'est enfui.

— Nous voulons aussi connaître ton point de vue, reprit mon *shoshur*. Les temps ont changé. L'opinion des femmes et des filles n'avait aucune valeur autrefois. Elles savent se montrer éloquentes de nos jours. Tu peux parler. »

Je restai muette. En cet instant, ils étaient hors d'eux. Rien de ce que j'aurais pu dire n'aurait trouvé grâce à leurs yeux.

« Il est vrai que le vol des bijoux de Rashomoyee nous a mis dans une situation délicate, poursuivit-il. Mais cela s'arrangera. »

Je ne comprenais pas comment il espérait voir se régler nos difficultés financières. Finalement, je dis à mi-voix : « Le prix du riz et de l'huile a augmenté ce mois-ci. Notre budget est plus serré. Nous avons des dettes chez l'épicier depuis deux mois.

— Je suis au courant. Nous allons vendre d'autres terres et un étang au Pakistan oriental. Quand nous recevrons cet argent, nous n'aurons plus de soucis à nous faire. »

Je regagnai ma chambre. Mon mari vint me rejoindre un peu plus tard. « Ils souhaitent que nous vendions le magasin », m'annonça-t-il.

Je baissai la voix : « Vous n'avez pas besoin d'aller au magasin à partir de demain. J'irai.

— Toi ! » Il me regarda bouche bée.

J'avais les larmes aux yeux : « J'ai à vous parler d'autre chose aujourd'hui. Promettez-moi de ne pas vous mettre en colère. »

Il parut surpris : « Oui, dis-moi.

— Aimez-vous une autre femme ?

— Que dis-tu ?

— S'appelle-t-elle Kamala ? »

Il parut se recroqueviller sur lui-même. Comme ce bel homme, bien bâti, paraissait sans défense ! « Ne vous retenez pas. Si vous avez besoin de Kamala, épousez-la et amenez-la à la maison. Je peux le supporter. »

Il s'effondra sur le lit, cachant son visage dans ses mains. Il avait honte.

Mes yeux étaient noyés de larmes. « Il est inutile de la voir en secret. Quand le secret implique la peur, la honte et la répulsion, on devient vulnérable, et le péché s'installe. Je ne puis vous laisser commettre un tel péché. »

Il resta assis longtemps, le visage dans ses mains. Puis, levant un regard accablé, embarrassé, il demanda : « Qui t'a parlé de Kamala ?

— Est-ce important ? »

Il poussa un soupir : « Il n'est pas question de l'épouser. Je l'ai à peine revue depuis ta venue.

— Pardonnez-moi mes paroles, mais je ne veux que votre bonheur. Plus important que tout, je veux être fière de vous. Vous êtes toute ma gloire. Ne me cachez rien. Vous devez comprendre que je suis incapable de penser du mal de vous.

— Tu ne me hais point ?

— Pas le moins du monde. Je vous en supplie, ne me demandez pas pardon. Ne vous abaissez pas. »

Il me considéra avec stupéfaction : « Je n'y crois pas.

— Qu'est-ce que vous ne croyez pas ?

— Que tu sois un être de chair et de sang.

— Les paroles que vous prononcez reviendraient à dire que j'ai péché. Mais surtout, l'homme que vous êtes ne sera plus le même si vous ne cessez de vous faire des reproches. »

Il laissa échapper un autre soupir : « Alors, laisse-moi te dire quelque chose. Même si Biren a volé de l'argent au magasin, ce n'est pas lui qui a pris les saris.

— Alors, qui est-ce ? Kamala ?

— Oui. Elle est venue un jour au magasin et les a emportés. Peut-on encore les récupérer ? »

Je secouai la tête. « Non, vingt saris de soie ne valent pas une fortune. Kamala peut y prétendre. Elle recevra beaucoup plus si vous l'épousez. »

On voyait qu'il s'en voulait. « Pourquoi soulèves-tu la question du mariage ?

— Alors, que dois-je en conclure ?

— Ce qui s'est produit ne se répétera pas. »

Je lui dis avec douceur : « Les hommes sont inconstants et volages. Je ne le prendrai pas à cœur si vous recommencez. Promettez-moi seulement de ne pas me le cacher. »

Il hocha la tête, muet d'étonnement. La peur, voire peut-être l'effroi, se lisait dans ses yeux. Il ne pouvait plus me voir comme une femme ordinaire. Or je savais que je n'étais rien d'autre qu'une femme ordinaire. Je ne voulais rien au monde que mon dû. Il y aurait toujours des obstacles, des ennemis invisibles, des crises, la destinée, avec lesquels il faudrait sans cesse négocier. Tout cela ne doit pas pour autant vous empêcher de faire preuve de bon sens.

Qu'aurais-je pu exiger de mon mari si je m'étais disputée avec lui au sujet de Kamala ou si je lui avais fait une scène ? Son ego de mâle, son amour-propre blessé l'auraient endurci. Il aurait tenu à revoir Kamala. Je serais morte de jalousie. Je préférais garder la porte ouverte pour lui. Il pouvait aller voir toutes les femmes qu'il voulait. À présent, il n'en éprouverait plus le besoin.

Je ne cessai de me réveiller la nuit suivante ; j'entendais Pishima errer dans ma chambre en marmonnant : « Crève, crève, crève, sois veuve, que la lèpre te frappe... »

Je n'exprimai à voix haute aucune plainte à l'égard de mon beau-père et de mon beau-frère. Mais je réussis à amener mon mari à me comprendre. Je lui dis : « Si vous ne voulez pas aller au magasin, j'irai. Il faut être en vie pour préserver son honneur.

— Fort bien, j'irai », dit-il.

Je secouai la tête.

« Vous risquez de vous sentir mal à l'aise tout seul. J'irai avec vous.

— Que dira la famille ?

— Ils se sentiront offensés d'abord, mais cela ne durera pas. Ils vont s'y habituer. Ils peuvent voir aussi que les temps changent. Même s'ils protestent, quand ils découvriront que nous gagnons de l'argent avec le magasin, ils nous soutiendront.

— Tu crois cela ? J'ai l'impression que tu ne te trompes jamais. Très bien, faisons donc ainsi. »

Je ne cède pas à l'émotion. Je connais la peur, j'éprouve de l'angoisse, mais je m'efforce d'avancer les pièces de la vie réelle d'une façon qui m'aide à survivre. À force de travailler ensemble au magasin, un amour sincère a grandi entre nous au milieu des coups et des contrecoups, des hauts et des bas, des pertes et des profits. Il a vu naître la confiance, l'entraide, le respect mutuel.

Il n'arrivait pas à tenir la comptabilité, à suivre l'état du stock, vendait constamment à crédit. Tant que quelqu'un d'autre s'occupait du magasin, il s'en remettait totalement à lui, de sorte que le magasin s'était trouvé assez vite en difficulté.

Je ne savais pas non plus comment tenir les comptes, et moins encore comment assurer la gestion des stocks. Mais y a-t-il une chose qui puisse arrêter une femme quand elle va devenir mère pour la première fois sans savoir comment élever un enfant ? Le magasin était comme mon bébé. Cela me prit du temps de faire comprendre cela à mon mari. Il me fallut encore plus de temps pour lui faire oublier la vie rêvée de l'aristocratie, et le rendre aussi assidu à la tâche qu'un ouvrier. Le magasin commença alors à faire des bénéfices.

En nous approvisionnant chez les grossistes de la ville, nous n'avions aucune chance de faire de gros profits. Alors qu'en allant au Burrabazar ou à Mangla Haat, à Calcutta, c'était différent. Je persuadai mon mari de s'y rendre. D'une nature indolente et voyageant à contrecœur, il n'accepta pas tout de suite. Je l'accompagnai les deux premières fois, et ensuite il s'habitua à voyager seul.

Les goûts des gens changeaient de jour en jour. La demande pour des couleurs ou des motifs particuliers montait en flèche à différents moments. Il fallait miser avec intelligence. Nous faisions nos achats en gardant cette idée en tête. Nos gains augmentèrent.

Mon *shoshur* fit un soir une descente inattendue au magasin. Les plis du *dhoti*[1] bien disposés, le *panjabi*[2] soigneusement mis en forme, un châle enroulé autour du cou, une canne à la main, il jeta un coup d'œil dédaigneux alentour. Le magasin était bondé. Il observa les ventes pendant un moment, puis il partit.

Il revint quelques jours plus tard. Je lui offris un siège. Il l'accepta.

« Ça se vend vite.

— Grâce vous en soit rendue.

— Non, *bouma*, pas à moi. Je ne t'ai jamais donné ma bénédiction. J'ai plutôt maudit le magasin. Mais pour rien, cela n'a pas marché. Un pécheur, vois-tu. »

Je gardai le silence.

« Je n'aime pas que tu nous désobéisses. Mais le résultat au bout du compte semble être positif. Combien faites-vous par mois ?

— Trois ou quatre mille.

— C'est beaucoup d'argent. »

Pour éviter d'infliger des blessures à son ego et à son amour-propre, je m'abstins de lui dire que l'argent de la vente de la terre et de l'étang au Pakistan oriental n'était toujours pas arrivé, qu'il n'y avait plus d'or à vendre, mais que, malgré tout, la maison tournait – et ce n'était pas par magie. Il le savait d'ailleurs fort bien. Et comme il le savait, il commença à venir au magasin tous les jours.

Le sourire dédaigneux s'était effacé. Deux saris en soie furent vendus sous ses yeux à deux mille

1. Pagne.
2. Longue tunique.

roupies chacun. Il changea de position dans son fauteuil. « Combien de bénéfice sur ces deux saris, *bouma* ? »

Avec un sourire timide, je dis : « Nous devons tenir compte du prix d'achat, ventiler les frais de transport, le loyer, la note d'électricité et les salaires des employés, pour établir une moyenne pour le prix de vente du sari.

— Oh là là, cela me paraît très compliqué. Comment peux-tu calculer tout ça ? Nous dépensons l'argent, sans jamais prendre le temps de le compter. Tout cela est le travail des gens de basse caste.

— Nos gains sur ces deux saris sont de six cent trente roupies », l'informai-je à mi-voix.

Interloqué, il marmonna : « Six cent trente... Avec seulement deux saris. » Il rentra à la maison, une expression soucieuse s'ajoutant à l'étonnement qui se lisait sur son visage.

Il me fit venir quelques jours plus tard : « Je sais que tu files au magasin tous les matins. Je suis libre à ce moment-là. Je m'y rendrai avec Fuchu. »

Cela me mit mal à l'aise. Il avait un style grand seigneur. Et s'il se montrait grossier envers les clients ? « Vous n'avez pas besoin de vous déranger. Vous n'êtes pas fait pour travailler dans un magasin. »

Il sourit. « Ne t'inquiète pas. Laisse-moi essayer d'y comprendre quelque chose. J'ai bien réfléchi à tout cela, je ne fais aucun usage de cette chose qu'on appelle le cerveau que Dieu nous a donné. J'aimerais tenter de me débarrasser d'un peu de cette léthargie mentale au moins dans mes vieux jours. »

Je ne l'arrêtai point. Il fit ainsi ses débuts. Mon mari rentra dans l'après-midi : « Tu ne croiras jamais ce qui est arrivé. Baba a donné des prix surévalués pour tous les saris. Deux clientes ont pris la fuite. Pourquoi l'as-tu envoyé ? Il n'est même pas rentré pour déjeuner. Vas-y, m'a-t-il dit. Je mangerai plus tard.

— Il a insisté. Mais ne lui dis rien. Il essaie d'augmenter nos bénéfices. Ce sont des erreurs que nous commettons tous au début. »

Cette histoire nous fit beaucoup rire, mon mari et moi.

Mon beau-père rentra après que mon mari fut retourné au magasin. Il était surexcité, en sueur, les yeux brillants. Dès qu'il eut posé le pied à la maison, il dit : « Tu n'es pas faite pour ce travail, *bouma*. J'ai vendu sept saris aujourd'hui. Tous au prix fort. L'un d'eux avait "50 roupies" écrit dans un coin. Tu sais ce que j'ai fait ? J'ai ajouté un « 1 ». Je l'ai vendu cent cinquante roupies. »

Je sentis le danger. Le magasin commençait juste à se faire une clientèle. Si jamais le client vérifiait, il reviendrait soit pour marchander, soit pour rendre le sari. Et à l'avenir, il irait ailleurs pour faire ses achats. Mais comment expliquer cela à mon beau-père ? Il était aussi heureux qu'un enfant avec un nouveau jouet. Il se mit à régaler ma *shashuri* d'anecdotes concernant le magasin, oubliant complètement de prendre son bain et de déjeuner.

Ma belle-mère me fit venir : « Maintenant, ton magasin va partir à la dérive. »

Je souris.

« Si tu as deux sous de jugeote, tu le décourageras, insista-t-elle.

— Ça ne fait rien, on se débrouillera. »

Le lendemain, il se disputa âprement avec un couple de clients. C'étaient des habitués du magasin. « Comment un sari qui coûtait soixante-dix roupies il y a trois jours peut-il en valoir cent soixante-dix aujourd'hui ? protestaient-ils. C'est du vol pur et simple. » Sur quoi, mon *shoshur* retroussa ses manches pour se battre. Mon mari dut intervenir.

Dans l'après-midi, mon beau-père se déchaîna : « C'est pourquoi je dis que tenir boutique, c'est pour les castes inférieures. Des gens qui ne sont même pas dignes de cirer nos chaussures osent argumenter avec nous.

— Alors, pourquoi vas-tu au magasin ? demanda ma *shashuri*. Puisque tu n'as pas travaillé un seul jour de ta vie, continue. La maison tourne, non ? »

Dans un accès de rage, il s'écria : « Ah, tu crois que je n'en suis pas capable ?

— Irais-tu dans un magasin où tu as été insulté ?

— Un boutiquier ? Qui m'insulterait ? Comment oserait-il ?

— Tiens, tu vois bien, aucun client ne supporte d'être insulté par un commerçant. Il a dix autres magasins à sa disposition.

— J'ai dix autres clients qui viendront acheter.

— Non. Quand un client quitte un magasin parce qu'il a été trompé, dix autres en font autant. Est-ce que tu t'imagines que le commerce se résume à acheter bon marché pour revendre cher ? Si seulement c'était aussi simple. »

Mon beau-père lui lança un regard noir. Il continua tout de même à se rendre au magasin, mais il ne causa plus d'ennuis. Il s'appliqua au contraire à apprendre le métier malgré son âge avancé.

Un jour, il me dit : « Écoute, *bouma*, les gens adorent marchander. Ils croient qu'ils ont emporté une grande victoire quand ils peuvent faire baisser le prix de deux roupies. Le prix fixe ne laisse pas cette possibilité. Je te propose de le supprimer. Augmente un peu tes prix, et laisse le client négocier un chiffre qui lui fera plaisir.

— C'est vrai, dis-je à mi-voix.

— Alors, pourrons-nous commencer demain ? demanda-t-il, tout content.

— Pourquoi pas ? Mais l'ennui, c'est que la plupart des gens savent que les prix sont fixes ici. Alors, personne ne va marchander, sauf les nouveaux clients.

— C'est vrai, reconnut-il, soucieux. Cela va créer des complications. »

Il renonça de lui-même à son idée. Je poussai un soupir de soulagement. À présent, il commençait à aller au magasin le matin et l'après-midi. Il parvenait finalement à faire marcher l'entreprise sans anicroche. De temps à autre, il me disait : « Ça a quelque chose d'excitant. La journée se passe si bien. Je rencontre des gens nouveaux, je vois de nouveaux visages. C'est une toute nouvelle expérience. »

Ma *jaa* ne descendait jamais au rez-de-chaussée. Elle était alitée avec de l'arthrite et de la tension. Une année entière après le fameux épisode, elle n'avait pas surmonté la peur que je lui inspirais. Aussi n'allais-je jamais à l'étage. Mon *bhashur* lui montait lui-même ses repas.

Un soir, elle me fit demander. J'y allai. Détournant les yeux, elle fixait le mur. « Ne te mets pas en colère. Je veux te dire quelque chose. C'est plus fort que moi, il faut que je t'en parle. »

Je n'étais pas entrée dans sa chambre. Je me tenais près de sa porte de crainte de lui faire peur. « Oui ? dis-je.

— Nous sommes dans une mauvaise passe. Mon mari n'a plus d'argent. Il n'y a plus d'or à vendre. Nous ne pouvons continuer ainsi.

— Qu'aimeriez-vous que je fasse ?

— Que puis-je te dire ? Tu m'as rendue impotente avec ta magie noire. Tu ne m'as épargné la vie que par bonté. Mais je n'ai plus peur de mourir. Être clouée au lit n'est guère différent de la mort.

— Je ne connais pas la magie noire. »

En s'essuyant les yeux du bout de son sari, elle dit : « C'est par bonté que tu ne nous laisses pas mourir de faim. Tu sais jeter toutes sortes de sorts et pratiquer l'hypnose, il n'y a rien que tu ne puisses faire. J'ai appris que tu faisais travailler ton *shoshur* dans ton magasin.

— On vous a mal renseignée.

— Je ne veux pas me disputer. Tu peux faire beaucoup plus si tu le veux. Tu peux semer la zizanie dans cette famille. Je comprends tout cela. Mais je ne peux supporter de vivre dans la peur. Alors, je vais parler franchement.

— Expliquez-vous clairement, Didi.

— J'ai peur de le faire. Mais je vais te poser la question malgré tout : as-tu vendu tous les bijoux ?

— Pourquoi me demandez-vous cela ?

— J'ai entendu dire que tu avais ouvert un énorme magasin. Il faut des monceaux d'argent pour ça.

— L'argent provenait de la vente de mes propres bijoux. Je ne sais rien de ceux de quelqu'un d'autre.

— Je ne veux pas en réclamer une partie, ne te fâche pas. Je mendie. S'il en reste un tant soit peu, je t'en supplie, donne-moi un petit quelque chose. »

Je savais que la cupidité était plus puissante que la peur. La cupidité nous enseigne à surmonter la peur, mais pas à la vaincre. Je terrifiais ma belle-sœur, mais elle ne pouvait contrôler sa cupidité.

Elle n'arrêtait pas de s'éponger les yeux. « Dieu te jugera pour ce que tu as fait, affirma-t-elle. Mais n'oublie pas notre requête. Mon mari est extrêmement embarrassé. Il ne peut se résoudre à te demander quelque chose. Il est dans le plus grand dénuement. Même mon traitement est sur le point d'être interrompu.

— Votre mari n'est pas très vieux. Il peut facilement travailler pour gagner sa vie s'il le veut.

— Travailler pour gagner sa vie ? Comment ?

— Il faut d'abord qu'il éprouve l'envie de travailler. »

Elle me lança un regard noir, probablement par désespoir. Je lus la haine, le dégoût et la peur dans ce regard fugace.

Elle détourna de nouveau son visage. « Il n'a pas fait beaucoup d'études. Qui acceptera d'engager un simple bachelier ? Nous n'avons pas de coffret à bijoux pour ouvrir un magasin. Tu parles d'envie ? Il n'a aucune possibilité, même s'il en ressentait l'envie. Tout ce qu'il dit, c'est que Fuchu a su se débrouiller. Regarde tout l'argent gagné, et nous, on doit se contenter de les regarder. C'est pourquoi je te supplie.

— Qu'est-ce qu'il veut faire ?

— Quelque chose. N'importe quoi. Je ne sais pas. » Après un bref silence, elle baissa la voix. « Tu as empoisonné Pishima, tu as pris la boîte à bijoux, mais je ne l'ai dit à personne. J'ai gardé pour moi cette information comme le scorpion garde son poison. Tu devrais m'en être reconnaissante.

— Qui vous a dit que je l'avais empoisonnée ? »

Elle parut prendre peur quand je lui posai cette question. « Ne te fâche pas, je ne vais pas aller à la police. Je ne l'ai même pas dit à ton *bhashur*. Mon silence n'a-t-il aucune valeur à tes yeux ? »

Je ne savais pas quoi répondre. La plupart des gens ont tendance à parler pour ne rien dire, ce n'est pas dans mes habitudes. Je ne parle jamais quand ce n'est pas nécessaire. Cette fois encore, je n'essayai pas de me défendre ou de dissiper ses soupçons. Je savais qu'elle ne me croirait pas, quoi que je dise.

Sans regarder dans ma direction, elle demanda : « Es-tu partie ?

— Non. En avez-vous fini avec moi ?

— Tu n'as rien dit. Que suis-je censée en conclure ? »

Je restai silencieuse. Elle se tourna de nouveau vers moi et me fusilla du regard. « Cela veut dire que tu ne nous donneras rien ? s'enquit-elle. Rien du tout ? »

Je l'observai en silence. Une étincelle de colère brilla dans ses prunelles. Elle était d'une nature violente et avait à peine réussi à contenir sa hargne durant tout ce temps. À présent, le couvercle était soulevé par la vapeur qui s'était accumulée dessous.

Elle grinçait des dents : « Espèce de sorcière… Tu veux tout dévorer toi-même. Tu crois que tu peux tout garder pour toi ? J'ai vécu dans la peur, je t'ai laissée faire tout ce temps. C'est fini… »

Redressant son corps inerte du lit sous le seul effet de sa rage, elle fonça sur moi tel un spectre, les cheveux en bataille, le sari glissant sur son épaule. Sidérée, je contemplai la cupidité, la convoitise, la jalousie et la haine sous forme humaine. J'étais figée. Elle bondit sur moi telle une tigresse. « Je vais te tuer maintenant… Je vais te tuer… Tant pis si je dois mourir après… Je te tuerai d'abord… »

« Prends-la à la gorge, toi aussi », me souffla une voix dans l'oreille.

Ma *jaa* semblait possédée par une force démoniaque. Elle se mit à m'étrangler, serrant comme une tenaille.

Pishima n'arrêtait pas de me répéter à l'oreille : « Tu veux crever ? Alors, crève. Crevez toutes les deux ! Pourquoi ne la prends-tu pas à la gorge toi aussi ? Lève les bras, sale peste. Ah, regarde-moi ça comment elle se tient, on dirait une estropiée. »

J'essayais de toutes mes forces de respirer et de détacher de ma gorge les mains de ma belle-sœur : « Non, Pishima. »

Ma belle-sœur m'entendit prononcer « : Non, Pishima. » Son étreinte se relâcha. Me fixant avec des yeux exorbités, elle articula d'une voix haletante : « Sale sorcière ! Tu invoques les esprits ! Tu invoques les fantômes ! Tu peux tout faire… N'importe quoi. Je te tuerai avant de mourir. Je te tuerai d'abord… »

Pishima chuchota à mon oreille : « Qu'est-ce que tu attends ? Elle va avoir ta peau. Prends-la à la gorge. Étrangle-la. »

Des larmes coulaient sur mon visage. Je me tenais debout sans même essayer de me défendre.

Pishima poursuivit : « Tu n'en auras plus jamais l'occasion. Il n'y a personne à côté. Étrangle cette chienne. Tue-la. Personne ne le saura. »

Ma belle-sœur continuait de fulminer, mais elle dut lâcher prise. Puis elle revint vers moi pour me reprendre à la gorge, mais ses mains s'agitaient de façon incontrôlable.

« Tu ne comprends pas, elle représentera toujours une menace pour toi si elle reste en vie, ajouta Pishima. Elle te tuera une nuit dans ton sommeil. Achève l'ennemi une fois pour toutes. »

Ayant épuisé toutes les forces de son corps malade, ma *jaa* ne parvint pas à m'atteindre et s'étala de tout son long sur le sol. Elle sanglota bruyamment.

Je descendis l'escalier à pas lents.

Ce soir-là, je dis à mon mari : « Je veux lancer un nouveau commerce. »

Il me regarda avec stupéfaction : « Un autre magasin ? J'arrive à peine à m'occuper de celui-ci. Avec dix à quinze mille roupies de vente par jour. Je n'ai même plus le temps de dormir. Qui gérera l'autre magasin ?

— Nous n'avons pas de bon magasin par ici pour les radios et les magnétophones, argumentai-je. J'ai appris que Jagu Saha vendait son commerce. Je vous en prie, pourriez-vous vous renseigner ? »

Mon mari me regardait fixement. « C'est quoi, ces marques, sur ta gorge ? Ces traces rouge vif ? Tu t'es coupée. »

Je baissai la tête : « Si vous tenez à moi le moins du monde, ne posez pas davantage de questions. Les hommes n'ont pas besoin de tout savoir. »

Il eut l'air sombre. « Tu veux me cacher quelque chose ? demanda-t-il. Très bien. »

Il me fallut un bon moment pour ravaler mes larmes. « Il y a quelque chose que je veux vous dire, soufflai-je quand je pus de nouveau parler.

— De quoi s'agit-il ?

— Nous ne pouvons atteindre la félicité tant que nous entendons quelqu'un soupirer tristement à nos oreilles.

— Voilà une réflexion bien philosophique, remarqua mon mari, étonné.

— Mais vraie. Vous n'êtes pas d'accord ?

— Dis-moi ce que tu veux. T'ai-je jamais rien refusé ?

— Vous êtes le meilleur des hommes pour moi.

— Tu vas un jour causer ma perte avec toutes ces belles paroles, dit-il avec un tendre sourire. Je pourrais finir par croire ce que tu dis.

— Vous ne comprendrez jamais d'où je tire ma force, comment les forces du bien me tiennent par la main même au milieu du mal.

— Est-ce que la meurtrissure sur ta gorge porte là-dessus ? Du bien au milieu du mal ? »

Je pleurai doucement. « Je ne puis être heureuse tant que les autres ne le sont pas, murmurai-je. Pourquoi ne pensez-vous jamais à votre frère aîné ? Il a des problèmes.

— Dada, mon frère aîné ! Pourquoi Dada aurait-il des problèmes ? Le budget de son ménage est correctement tenu.

— Que dites-vous ? Et que faites-vous de l'amour-propre d'un homme, d'un mari ? Pourquoi vous serait-il redevable ? Donnez-lui l'occasion de gagner sa vie lui-même.

— Alors, le nouveau magasin, c'est pour Dada ? Mais sera-t-il capable de le gérer ?

— Vous avez géré le vôtre, non ? »

Sa réponse fut terriblement embarrassante pour moi. « Ce fut grâce à toi. Je t'ai. Pas Dada.

— Il vous aura, vous. Ne laissez jamais personne de la famille soupirer de nouveau. »

Il scruta attentivement ma gorge. « Tu as appris l'art de me cacher des choses, ces temps-ci. »

Je fondis en larmes. « Non, jamais je ne vous cacherai quoi que ce soit. Mais il y a un temps et un lieu pour chaque chose. Sinon, les meilleures intentions du monde peuvent causer du mal. Il faut donner l'information au bon moment, le bon jour. Pas maintenant, je vous le dirai quand le moment sera venu. »

Il soupira. « Très bien. J'attendrai. »

Quand les préparatifs en vue de l'achat du magasin commencèrent, ma belle-mère me fit venir. « J'ai cru comprendre que tu installais un magasin pour ton *bhashur*. »

Je souris, mais gardai le silence. Elle posa la main sur ma tête.

« Tu as bon cœur. Mais je dois te dire une chose.

— De quoi s'agit-il ?

— Ton beau-frère est aussi vaniteux que tous les hommes de cette famille. Il se peut qu'il accepte ton aide parce qu'il est en difficulté, mais il t'en voudra toute sa vie. En outre, c'est ton argent durement gagné, et tu perdras tout si l'entreprise est un fiasco.

— Tout se passera bien, mère.

— Tu dis toujours cela. Je ne connais que trop bien les manières de ces gens-là. J'ai encore quelques bijoux et des pièces d'or. Je les ai gardés à l'abri de tous, ce sont mes dernières ressources en cas de nécessité. Mais ils ne me serviront plus à rien désormais. Je les ai protégés tout ce temps contre les paniers percés qui nous entourent. Vends-les pour financer le magasin. Ton *bhashur* n'aura pas de réserves si tu fais cela.

— Mais pourquoi, mère, ce devait être vos dernières ressources, laissez donc.

— Il n'y a pas de raison de les stocker non plus. Mieux vaut qu'ils servent à quelque chose… qu'ils répandent la lumière, aussi longtemps qu'on n'en fait pas un mauvais usage. Tu peux lui donner le magasin, mais tiens-le à l'œil. Je renonce à mes bijoux uniquement parce que tu es derrière. »

Je cessai donc d'objecter.

Même mon beau-frère parut soulagé quand on lui annonça cette nouvelle. Je vis un large sourire sur son visage.

Il prit la direction du magasin. Chaque jour, je lui prodiguai des conseils, d'une voix très calme et humble. Il suivait mes suggestions sans la moindre objection. Il se plaisait aussi à la boutique. Il y avait toujours de la musique sur le tourne-disque, le magnétophone ou à la radio, en sorte qu'on ne s'y ennuyait jamais.

Peu à peu, le magasin commença à marcher.

Une nuit, je fus réveillée en plein sommeil. « Au voleur ! Au voleur ! Il y a des cambrioleurs ! Réveille-toi, réveille-toi vite. Ils vont prendre tout ce que je possède, malheureuse. Je me fiche de ce qu'ils peuvent te prendre, mais s'ils volent ce qui m'appartient, je t'enterrerai vivante... »

Je sautai de mon lit et distinguai deux formes obscures à la fenêtre près de ma tête. Les hommes sciaient les barreaux. Dès que j'eus allumé la torche, ils disparurent. Je réveillai mon mari. Il y eut un grand branle-bas, mais les cambrioleurs avaient réussi à s'échapper. Mon mari se rendormit ; pas moi. Je devinai le reflet du sari blanc de Pishima dans l'ombre.

« Pourquoi dors-tu comme un ours, *maagi*, garce ? Tu ne peux pas veiller sur les bijoux ? Couchée dans les bras de ton mari. Crève, crève, crève... Tu n'as pas de honte ? Toujours la rigolade ! Le soir, tu t'habilles comme une putain pour séduire ton mari, pourquoi tu n'es pas frappée d'hydropisie, pourquoi n'attrapes-tu pas de l'arthrite, ou la tuberculose, tu as fait d'un homme de cette famille un mouton... Beurk, je crache sur un amour pareil... Beurk... »

Pishima rôda dans la chambre toute la nuit en répétant sans arrêt « beurk beurk beurk ». Elle fulminait, incapable de rester en place. Les cambrioleurs avaient bien failli se tirer avec son précieux trésor.

Je me sentais coupable. Nous vivions au rez-de-chaussée d'une vieille maison, avec plus de cent *bhoris* d'or dans la pièce. Nous venions d'embaucher un nouveau serviteur et un cuisinier. J'aurais dû être plus prudente. Je fis livrer un coffre-fort dès le lendemain. Les bijoux de Pishima y trouvèrent leur place. Les clés étaient sous ma garde. L'argent rentrait. Les ventes au magasin dépassaient certains jours les vingt mille roupies. Le coffre-fort nous garantissait une sécurité à tous points de vue.

Quatre ans après mon mariage, je fus finalement marquée par la griffe du péché. Cela m'ébranla jusqu'au tréfonds. S'engouffrant par les portes et les fenêtres ouvertes, un ouragan dévasta ma chambre.

Mon mari devait multiplier les déplacements, allant à Calcutta de même qu'à Delhi et à Bombay, voire jusqu'à Bénarès et Kanchipuram. Notre magasin s'était agrandi. Nous avions cinq employés. Je n'aimais pas acheter les articles en quantités importantes, et je disais à mon mari que nous devions nous fournir directement chez les fabricants, sinon nous aurions vite eu l'air ringards et sans attrait aux yeux des clients. Cela nous aurait coûté plus cher aussi. Les grossistes avaient tendance à se sucrer.

Mon mari n'était plus l'homme indolent d'autrefois. Il avait sans cesse l'esprit en éveil et se montrait dynamique. Les produits venaient de différentes parties de l'Inde. Nous traitions directement avec les tisserands et les filatures. Il était donc obligé de beaucoup voyager ces temps-ci, sur de longues distances. Durant ces périodes, mon beau-père travaillait au magasin le matin, et moi l'après-midi.

Ainsi, cela arriva alors que mon mari était dans le sud de l'Inde. J'étais seule par une nuit de tempête quand une voix douce comme le miel souffla à mon oreille :

« Tu m'entends ?

— Oui

— Un jeune homme te suit tous les jours. Tu l'as remarqué ?

— Non ! m'écriai-je, choquée. Quand me suit-il ?

— Tu parles ! Ne fais pas semblant. Qui est cet homme qui te suit quand tu reviens le soir du magasin ? Tu crois que je ne suis pas au courant ?

— Je n'ai vu personne.

— Un garçon si charmant. Il est à croquer. On le mangerait. Tout cru. Il n'y a rien au monde comme le péché. La chasteté est une telle bêtise. Débarrasse-toi de cette idée. Croque la pomme, décide-toi ! »

Mon cœur cognait, j'avais la gorge sèche.

« Tu es si ravissante, pourquoi tu t'attifes comme une chiffonnière ? Tu ne te peignes pas, tu ne portes pas de jolis vêtements, quand on te voit rentrer, on croirait une vraie chouette. Alors, petite sotte, n'y a-t-il pas d'autres hommes au monde que ton mari ?

— Taisez-vous, Pishima. Rien que d'écouter tout cela est un péché.

— Voyez-vous ça, ce modèle de vertu ! C'est Sati et Savitri[1] à elle seule ! Pourquoi ne fais-tu pas un effort pour t'habiller ? Un peu de rouge sur tes

1. Sati et Savitri sont deux modèles de la vertu féminine. Sati, tirée de la mythologie, est à l'origine de la coutume hindoue selon laquelle la veuve s'immolait en se jetant dans le bûcher de

lèvres, un trait de khôl autour des yeux, arrange tes cheveux, mets un sari de couleur vive et tu verras. Tu vas faire des étincelles quand tu descendras la rue.

— Quelle honte, Pishima.

— Oublie la honte. Il te dévore des yeux, pourquoi veux-tu le priver, espèce de croqueuse de maris ? Tu crois vraiment qu'il existe une chose comme le péché ? C'est priver ton corps qui est un péché.

— Ne m'en dites pas plus. Je ne veux rien entendre. »

Pishima remplit la chambre de son ricanement glacial. Mon cœur se trouva transi d'effroi.

Les rues étaient désertes quand je rentrai du magasin le lendemain. Les gens dans les petites villes ne se hasardent pas à sortir à pareille heure. Je regardai droit devant moi, mais mon esprit était préoccupé par ce qui se trouvait derrière. Y avait-il quelqu'un dans mon dos ? Est-ce que j'étais suivie ?

Brusquement, je jetai un œil derrière moi. C'est alors que je le vis. Un grand jeune homme, vêtu d'un pantalon de coton et de la tunique panjabi. Les cheveux hirsutes, une barbe fine. Son visage était bien visible dans la flaque de lumière vive provenant d'une boutique. Mon mari était certes beau, mais pas aussi ensorcelant. Il y avait quelque chose de noble dans son aspect physique, alors que cet homme-là était comme un poème. Des yeux en amande semblables à ceux

---

son mari défunt. L'amour de la princesse Savitri pour son mari Satyavan, plus fort que la mort, appartient à la légende populaire.

d'une biche, et des lèvres exquises. Il marchait lentement, les yeux fixés sur moi.

Je fis le reste du chemin pratiquement en courant, avec le cœur qui cognait dans ma poitrine.

« Alors, tu l'as vu ? demanda Pishima en pleine nuit.

— Chut, Pishima.

— Écoute-moi, l'homme à la maison, c'est de la gnognote. C'est comme les vêtements de tous les jours. Tu pisses dedans, tu chies dedans, tu laves et tu recommences. Mais ces hommes-là sont comme des saris de soie fine. Il faut que tu en fasses l'expérience un jour.

— Quelle honte !

— Tu es si belle, et malgré tout tu veux un seul homme au menu, et toujours le même ? Quel genre de femme es-tu ? Même les dieux et les déesses ne se privaient pas ! Lis le *Mahabharata*, et juge par toi-même. Le désir est comme une rivière, il peut tout emporter sur son passage. Il suffit de ne pas se faire prendre. Il ne portera jamais plainte. »

Les larmes me montèrent aux yeux.

Je me fis raccompagner chez moi le lendemain par un des employés. Je ne regardai pas une seule fois derrière moi. Les trois jours suivants se passèrent ainsi. Le quatrième jour, j'étais de nouveau seule pour rentrer. Cela paraissait stupide d'avoir un garde du corps. Il n'allait pas m'attaquer, après tout. Qu'il me suive s'il en avait envie.

À peine avais-je fait quelques pas que je sus que j'étais suivie. Était-ce lui ?

Je regardai dans mon dos à un moment propice. C'était lui. Aujourd'hui aussi, son visage était dans la lumière. Pourquoi mon cœur se mit-il à cogner ?

Non, je n'ai pas couru ce soir. Je suis rentrée chez moi en marchant d'un pas normal, mais le cœur tremblant.

Tard dans la nuit, j'entendis la voix lancinante de Pishima : « N'est-il pas magnifique ? Ne te l'avais-je pas dit ? Pourquoi joues-tu les mijaurées ? Rien ne presse. Tu dois le séduire. Ondule des hanches. Lance-lui une œillade, des sourires aguicheurs. Laisse parler tes yeux. Tu n'as donc pas appris à draguer, petite idiote ? Aimes-tu vraiment ce mari insipide ? Quel triste sire. Parce que tu t'estimes particulièrement bien lotie ? Regarde-toi : tu es jolie, tu es une femme accomplie, tu as l'œil tellement aguicheur. Allez, jette-toi à l'eau et vois si ça te plaît.

— Ne me laisserez-vous donc jamais en paix, Pishima ? Que vous ai-je fait ?

— Épargne-moi tes paroles vertueuses, petite garce. J'en ai vu d'autres, tu n'es pas la première. »

Le septième jour, je ne pouvais plus me retenir. Je rentrais du magasin. Quand je me rendis compte qu'il me suivait, la rage martela mes tempes. Je me retournai brusquement. Décontenancé, il dut s'arrêter aussi. M'avançant vers lui d'un pas décidé, je me plantai devant lui et lui criai : « Que me voulez-vous à la fin ? Pourquoi me suivez-vous tous les jours ? »

Il fut si démonté qu'il resta à me fixer avec effarement. Puis, marmonnant quelque chose d'inintelligible, il baissa la tête et prit pratiquement la fuite.

J'avais à peine vingt-deux ans, j'étais dans la plénitude de la jeunesse. Mais mes préoccupations à l'égard de la famille et toutes les responsabilités que j'avais m'avaient fait oublier mon âge. Je me sentais comme la plus vieille des vieilles femmes. Je n'accordais aucune attention à mon aspect extérieur ou à ma façon de m'habiller. Tout mon être semblait se concentrer sur un seul individu. Mais ce jour-là, ma jeunesse oubliée parut se rappeler à mon souvenir. Je me sentis belle et j'entendis ma beauté me dire : « Allons-nous rentrer les mains vides ? »

Quand elle revint en pleine nuit, Pishima me demanda : « Tu lui as donc parlé ?

— Non, je l'ai remis à sa place. »

Pishima éclata de rire : « Bien joué. C'est bien de garder ses distances au début. Ça va lui aiguiser les dents. Les hommes sont de tels goinfres. Laisse-le se débattre dans l'eau avant de lui jeter une perche. Puis ferme la porte et saute-lui dessus. Réduis-le en bouillie. »

Je me bouchai les oreilles avec les mains.

« J'ai vu un tas de femmes chastes... Elles mouraient toutes de faim, en silence. Demain, mets le sari de soie verte. Il te va bien. Ne mets pas autant de *sindoor*[1]. Aie l'air un peu moins mariée.

— Allez-vous-en, Pishima.

— Pourquoi m'en irais-je ? Est-ce que je reçois l'aumône de ton père ? Radha n'était pas moins pieuse que toi. Cela veut-il dire qu'elle n'a rien fait avec Krishna ? L'aurait-elle fait si c'était un péché ? »

1. Le *sindoor* est une poudre rouge vermillon, traditionnellement à base de cinabre et de curcuma, avec laquelle les femmes mariées teignent la raie dans leurs cheveux. Elles cessent d'en porter quand elles sont veuves.

J'avais l'esprit en feu. Je fixai le vide toute la nuit. Que voulait-il ? Pourquoi me suivait-il ?

Il marcha derrière moi de nouveau le lendemain. Mais à distance. Je le repérai. J'avais envie de pleurer. Pourquoi se donnait-il tant de mal ? Pourquoi apparaissait-il chaque jour pour endurer cette humiliation ? Qu'avait-il à y gagner ?

Deux jours plus tard, il pleuvait. C'étaient les premières pluies de la fin de l'été. Les routes étaient mouillées. L'air se rafraîchit.

Les nuages se dissipèrent, découvrant une lune resplendissante dans le ciel, pas une lune banale. Elle semblait venue d'un royaume féerique. Des milliers de ses fragments se reflétaient sur les feuilles, sur les rues scintillantes, dans les petites flaques.

Dès que je mis le pied dehors, je compris que c'était une nuit enchantée. Rien ne pourrait en atténuer le charme. C'était une nuit des extrêmes, une nuit battue par les vents. Personne n'avait envie d'être sage. Tout était sens dessus dessous. Un alchimiste avait redistribué les composants du monde pour créer un univers entièrement nouveau. Le ciel n'avait jamais contenu autant d'étoiles, n'est-ce pas ? Peut-être avais-je été transportée quelque part ailleurs par la brise, sur un rayon de lune.

Me retournant tendrement, je ne vis personne derrière moi. Il ne me suivait pas. Avait-il choisi cette folle nuit pour ne pas venir ? Ce soir, on aurait cru que je l'attendais moi aussi. Je me sentis légèrement triste, amère. Je m'étais habituée à lui, après tout.

Marmonnant mon mécontentement à la rue déserte, j'avançais lentement. Rien ne me pressait. Peut-être viendrait-il. Peut-être n'était-il pas trop tard.

Il ne se trouvait pas derrière moi. Il était devant. Me faisant sursauter, il me bloqua brusquement le chemin dans la rue déserte. Sa haute stature, ses yeux de biche, une lune géante au-dessus de sa tête. Je fus figée, ensorcelée, émerveillée, dans un état second. Le dévorant des yeux, sans aucune honte. Une ardeur si vive brillait dans ses prunelles. Quelle folle passion sur ses lèvres ! Il plongea son regard dans le mien. Des ondes de silence circulèrent entre nous pendant un moment.

Brusquement, il parla, les mots se détachèrent de ses lèvres : « Je... Je vous aime. »

Il ne put rester après cela. Empli d'effroi, il disparut après avoir déclenché en moi une véritable explosion. Je restai sans voix, ne sachant comment réagir. Mais les murs en moi avaient été renversés. Les montagnes s'écroulaient. Le chemin n'était plus clairement tracé.

Je rentrai à la maison à pas lents. Je n'avais aucune destination, nulle part où aller, à jamais. Je dus même faire un effort pour reconnaître ma propre porte. Était-ce la demeure où j'habitais ? Était-ce bien mon adresse ?

Cette nuit-là, j'inondai mon oreiller de mes larmes.

« Pleure, cela va laver la saleté, pesta Pishima avec force. Les devoirs et les rituels et la caste et la religion, tout ça, c'est de la saleté. Que tout disparaisse ! Ensuite, tu pourras traverser la rivière. Tu verras la joie que cela apporte.

— La joie, Pishima ! Je brûle intérieurement.

— Que tout soit réduit en cendres, toutes leurs saloperies. »

Je fixai l'obscurité toute la nuit, les yeux en feu.

Quand j'ouvris la porte d'entrée, de bonne heure le lendemain, je découvris qu'une main avait déposé une rose rouge sang, trempée de pluie, sur le seuil, avec sa tige et ses feuilles vertes. La fleur était encore en bouton. Je ramassai la rose, et la mis dans ma chambre. Qu'elle fleurisse. Que la fleur s'ouvre et s'épanouisse.

Il me poursuivit jour après jour. Chaque matin, il laissait une rose rouge sur le seuil de ma porte. Cela était-il un péché ? Était-ce ainsi quand on coupait les amarres et que le bateau partait, emporté à la dérive par un courant fou ?

Mon mari rentra, épuisé, à l'aube. Quand j'ouvris la porte, je ne pus me retenir en le voyant : « Vous voilà enfin ! Où étiez-vous tous ces jours ? Pourquoi me laissez-vous seule ? »

Éclatant en sanglots, je frappais ma tête encore et encore contre sa poitrine.

Il me prit dans ses bras : « Que se passe-t-il ? Ne pleure pas. Tu sais que je suis parti pour le travail.

— Ne me quittez plus, ne partez plus jamais. »

Une rose était posée sur le seuil ce matin-là aussi. Sans la remarquer, mon mari l'écrasa sous son talon en entrant.

Je ne la ramassai pas.

Ce soir-là, je mis des draps frais sur le lit, arrangeai les oreillers et répandis des pétales de fleurs fraîches. Je versai aussi quelques gouttes de parfum.

Il vint se coucher. « On croirait notre nuit de noces. »

Je l'étreignis comme une affamée, et articulai sans bruit : « Donnez, donnez-moi...

— De quoi s'agit-il, Lata ? Tu sais que tout ce que j'ai t'appartient.

— Je vous veux... Je veux plus de vous, encore plus. Donnez-moi tout... Donnez-vous tout entier. »

Une voix fébrile flottait dans la chambre. « Alors, tu n'as pas osé aller jusqu'au bout ? Tu n'es pas allée à ton rendez-vous galant ? Crève du choléra, que la typhoïde t'emporte ! Je vais me transformer en serpent et mordre ton mari. Tu vas crever, tu vas crever. »

Je tirai mon mari vers moi. Je ne pouvais me retenir plus longtemps. Mes yeux débordaient de larmes. Mon cœur se consumait.

La voix continuait de me maudire : « Croque la pomme, croque la pomme, croque la pomme, croque la pomme... »

Fermant les yeux, je serrai mon mari de toutes mes forces, mes lèvres pressées contre les siennes. Je dis dans ma tête : « Tais-toi, tentation, calme-toi, mon cœur battant. Viens au monde. Nais à travers nous. Que ta douleur se calme, que ton supplice cesse... »

Le son encerclait le lit. « Croque la pomme, croque la pomme, croque la pomme, croque la pomme... »

Intérieurement, je répétais : « Que les flammes dans ton cœur s'éteignent, que le tourment de ton désir s'apaise, que soit soulagée la souffrance qui te fut infligée. Sérénité. C'est l'instant de ta naissance. Reste paisible, c'est un instant de félicité. Remplis mes bras, remplis mon cœur. Nais, nais, nais... »

Le son s'estompa. À jamais. Notre union connut l'extase.

Neuf mois plus tard, je donnai naissance à une fille. Elle naquit au printemps, au *boshonto*. C'est pourquoi nous l'appelâmes Boshon.

Pishima ne se manifesta plus nulle part dans la maison. Aucun bruit. Le calme. Délivrée.

Je ne cessais de contempler Boshon, posée sur son lit comme un bouquet de fleurs. Elle était la beauté même. Quand je la tenais et l'embrassais, je lui demandais parfois : « Me reconnais-tu ? Reconnais-tu cette maison ? Ne te souviens-tu de rien ? »

Le bébé me dévisageait sans comprendre.

Il y avait bien longtemps que la famille n'avait pas vu naître un nouvel enfant. Son arrivée donna lieu à une surenchère acharnée. Ma *shashuri* renonça à ses dieux et à ses déesses pour consacrer tout son temps à sa petite-fille. Mon *shoshur* omit fréquemment d'aller au magasin. Même son frère aîné, qui se rendait rarement au rez-de-chaussée, venait souvent dans la salle de séjour. Mon beau-frère était tellement conquis par sa nièce qu'il remplissait la chambre de jouets. Boshon passait de bras en bras et se faisait sans cesse cajoler. Comme personne n'était disposé à la poser à terre, elle ne se déplaça jamais à quatre pattes, et marcha assez tard.

Mais durant tout ce temps, ma *jaa* ne vit jamais Boshon. Elle était incapable de descendre. L'arthrite, la tension et toutes sortes de maux l'entouraient d'un monde sans joie.

Un après-midi, alors que Boshon venait d'apprendre à faire ses premiers pas, elle échappa à la surveillance de tous et escalada l'escalier. Elle se tint sur le pas de la porte de ma *jaa* sur ses jambes flageolantes, et l'observa, avec intérêt, en suçant son pouce.

Quand ma *jaa* aperçut l'enfant, elle s'écria : « Qui est là ? Qui est-ce ? »

Il lui fallut un moment pour saisir que c'était la fille de la sorcière. « Va-t'en, fiche-moi le camp », lui intima-t-elle en agitant la main pour inciter l'enfant à s'éloigner du lit.

Les enfants comprennent clairement quand on ne veut pas d'eux. Effrayée, Boshon essaya de faire demi-tour pour repartir. Mais elle trébucha et roula jusqu'en bas de l'escalier.

Qui sait ce qui électrisa le corps de ma *jaa*, mais elle jaillit hors du lit et courut en bas des marches pour ramasser Boshon. L'enfant était couverte de bleus. Quand le domestique Panchu, alerté par le vacarme, arriva à l'étage, ma belle-sœur berçait Boshon dans ses bras et lui appliquait en pleurant une compresse froide sur les zones meurtries.

Je n'étais pas à la maison. J'en entendis parler par ma belle-mère quand je rentrai vers la fin de l'après-midi. Elle avait un air désolé et coupable : « Cette enfant est tellement vive. J'étais allée prendre mon bain quand elle est montée. Et puis…

— Est-elle dans la chambre de Didi ? demandai-je, avec un mélange d'appréhension et de panique.

— Oui, elle y est toujours. Qui sait ce qui se passe ? Le cœur de ta *jaa* est plein de poison. Envoie Panchu récupérer ta fille. »

Après un bref silence, je dis : « Laissons faire, mère. »

Le cuisinier apparut. « Baro Boudi demande du riz pour donner à manger à Boshon. Dois-je lui apporter du riz ?

— Oui », lui répondis-je.

Après cela, Boshon grimpa chaque jour l'escalier pour rendre visite à sa *baroma*. Pas un membre de la famille ne lui résistait.

Quand elle était seule avec moi, je guettais encore des signes sur son visage. « Ne te souviens-tu pas de la boîte à bijoux ? lui demandais-je. Ne te souviens-tu pas de la douleur, de la souffrance ? Ne te souviens-tu de rien ? »

Je ne comprenais rien au gazouillis qui me répondait.

BOSHON

J'ai du mal à expliquer que le deuxième étage me paraisse aussi vide. J'occupe trois énormes pièces. Ma mère n'aime pas que j'y vive seule. Toute une terrasse et trois espaces fort convoités qui étaient restées vides depuis très longtemps. On les balayait et on y chassait la poussière, puis on refermait la porte à clé. J'ai demandé la permission d'y habiter.

On a essayé de m'en dissuader, et on m'a même grondée. Mais j'ai fini par avoir gain de cause : mon royaume occupe trois pièces au deuxième étage. Maman et Baroma, ma tante, y dormaient avec moi les premiers temps, au cas où j'aurais peur. Mais je n'éprouve aucune frayeur. J'adore vivre seule. Tout le jour, je sens une étrange affliction parcourir mon nouveau lieu et la terrasse. Ce n'est pas le vent, mais qui sait ce qui siffle à travers ces pièces.

L'étage entier est bourré de meubles. Une tête de lit énorme, massive, plusieurs *almirahs*[1] en bois, une table avec un plateau en marbre, une grosse pendule avec un balancier contre le mur. Des poupées alignées dans une vitrine. Tout cela a appartenu à une de mes grands-tantes, qui est morte avant ma naissance. Quelle vie tragique a été la sienne ! Mariée à sept ans, veuve à douze. Quelle chance j'ai eu de ne pas naître à cette époque. Mon Dieu, quel système épouvantable. Pas étonnant que les femmes se révoltent pour réclamer leur liberté !

Mes amis viennent parfois me rendre visite. Ils sont étonnés de me voir vivre dans un aussi grand espace. Certains m'envient aussi. Et d'autres disent : « Oh, je mourrais de peur si je devais vivre ici toute seule. Comment fais-tu ? Tu es si courageuse ! »

Un soir, j'ai invité tous mes copains. Brusquement, Chanchal m'a dit : « Tu sais, Boshon, tu pourrais te faire kidnapper.

— Me kidnapper, moi ? m'exclamai-je, interloquée. Qui voudrait m'enlever ?

— Cela m'est soudainement venu à l'esprit hier soir : mince alors, Boshon est la cible rêvée. Ils ont tellement d'argent et sa famille l'adore, elle est la prunelle de leurs yeux. Par les temps qui courent, les criminels pourraient facilement s'en prendre à Boshon.

— Personne ne va kidnapper Boshon, intervint Idrani. En ce qui la concerne, le danger est ailleurs.

— Où ça ?

1. Armoires.

— Quiconque l'épousera héritera d'une sorte de royaume, non ? Je parie qu'un tas de gens voudront l'épouser. »

Elle n'avait pas tort. Mon *jethu*, le frère aîné de mon père, n'a pas d'enfants. Je suis un enfant unique. Je vais hériter de tout.

« Ce n'est pas par hasard que ce professeur voulait l'épouser, dit Tilak. C'est vrai, Boshon, tu dois te montrer très prudente. »

Il parla avec une telle autorité que cela nous fit rire.

« Tu veux une claque ? Tu crois qu'ils veulent tous m'épouser pour mon argent et rien d'autre ?

— Tu possèdes tout à l'excès, franchement, insista Jhinuk. Il existe une justice divine pour toi. »

Bachhu dit d'un ton prosaïque : « Boshon est très jolie, c'est évident, mais ce type de beauté classique n'attire plus personne de nos jours. »

Je demandai, surprise : « Tu veux dire que je suis sans intérêt ?

— Je ne dis pas ça, répondit Bachhu, d'un air de connaisseur. Mais ces yeux aristocratiques en amande, ces joues rondes et ces boucles soyeuses n'ont plus la cote. Les goûts ont changé. Vous n'avez pas fait attention… Ce sont les filles avec une mâchoire bien marquée, les yeux enfoncés dans les orbites et les pommettes saillantes qui jouent les héroïnes au cinéma de nos jours. »

Tilak fut agacé. « Laissez tomber. C'est indigne de nous de discuter de l'apparence physique des gens. La beauté n'est pas tout. Ce qui compte, c'est la personnalité. »

Dans ma tête, je m'isolai des bavardages pour réfléchir sur moi-même. Pourquoi possédais-je tout à l'excès ? L'argent, la beauté, une famille aimante, des amis. Cela me fatiguait parfois. Toute ma famille me surveillait de près. Il y avait eu mes deux *dadus*[1]. Ils m'avaient gâtée tous les deux. Ils étaient morts à un an d'intervalle, mais les autres ne m'en gâtaient pas moins.

Ma mère est la seule que je puisse mettre à part du lot. Elle a pour moi un amour sans limites, mais ne cède jamais à mes caprices. C'est quelqu'un d'étonnant en fait. Nous n'avons pas grand-chose en commun. Même mes amis le disent : « Ta mère est très bizarre, hein ? Regarde à quel point elle est restée attachée à son mari. »

Il est vrai qu'aucun de mes amis n'a de parents aussi dévoués l'un à l'autre. Maman est pleine de vénération et de respect pour Baba, pour lequel elle manifeste une déférence dont je serais incapable. Et pourtant c'est cette femme à l'ancienne qui dirige sans une fausse note la famille au complet. J'ai entendu dire que c'était grâce à son travail et à son esprit d'initiative que les deux magasins que nous possédons aujourd'hui avaient vu le jour. Notre aisance actuelle est le résultat de sa clairvoyance. Tout le monde ne jure que par elle. Elle a sauvé la famille de la ruine et l'a remise sur pied.

Pour moi, la manière conventionnelle avec laquelle ma mère s'adresse à Baba n'a rien d'extraordinaire, car je l'entends depuis l'enfance. Mais ça écorche les oreilles de mes amis. « Pourquoi ta mère parle-t-elle de cette façon à ton père, en le vouvoyant ? » me demandent-ils.

---

1. Les *dadus* sont le grand-père et le frère du grand-père.

C'est alors que cela m'a gênée. J'ai posé la question à ma mère : « Maman, pourquoi vouvoies-tu Baba ?

— Il était tellement plus vieux que moi, avec une telle personnalité quand nous nous sommes mariés, m'a-t-elle expliqué. Cela me venait naturellement, et il n'y avait aucun mal à cela.

— La femme devrait-elle toujours s'adresser ainsi à son mari ?

— Bien sûr que non. À chacun son dû. Mais je tiens ma force du fait que je l'ai toujours respecté. Sans cela, tout se serait écroulé. »

Je n'ai pas compris ce qu'elle voulait dire. Mais je n'ai pas posé davantage de questions à ma mère. La maison baigne toujours dans une atmosphère bien réglée, à l'ancienne. Le monde extérieur change si vite.

Quand je me suis réveillée ce matin au deuxième étage, le soleil hivernal inondait la pièce par la fenêtre à l'est. Le jour était bien avancé. Mais ma tête était encore pleine du clair de lune de la nuit, et de désolation.

Comme je m'apprêtais à descendre au rez-de-chaussée après m'être brossé les dents, je découvris ma *baroma* qui montait l'escalier. Son genou perclus de rhumatismes lui compliquait la tâche. Elle était à bout de souffle.

« Pourquoi as-tu besoin de monter l'escalier, Baroma ? demandai-je. Tu n'as qu'à m'appeler.

— Que disais-tu en parlant si fort à la femme Chatterjee hier soir, *mukhpuri,* cette pauvre malheureuse ? »

Je ris tout bas. « Je suis contente de l'avoir fait. Pourquoi la torturent-ils ?

— Et pourquoi faut-il que tu te mêles des affaires des autres ? As-tu envie de provoquer une dispute avec eux ? Tu criais si fort que tout le voisinage a dû entendre. Tu ne dois pas recommencer des choses pareilles.

— Un jour, je ferai venir tous mes amis et on attaquera leur maison.

— Tu en es bien capable, il n'y a rien qui te soit impossible. Il paraît même que tu as poussé un camion hier soir.

— On aurait dû passer la nuit sur la route si on n'avait pas poussé le camion. »

La tante ouvrit des yeux comme des soucoupes. « Et quoi encore ? Je n'ai jamais entendu parler de jeunes filles poussant des camions.

— Tu crois qu'on vit toujours comme à ton époque, Baroma ? De nos jours, les filles peuvent tout faire.

— Fais tout, fais n'importe quoi, mais ne cesse jamais d'être une fille. Ne te transforme pas en garçon. Au train où vont les choses, je suis heureuse que les femmes ne se mettent pas à avoir la barbe. »

Je ne pus m'empêcher de rire. « Comme tu y vas, Baroma ! Tu es jalouse des filles d'aujourd'hui, n'est-ce pas ?

— C'est vrai, un peu. » Sa tante fit surgir un petit bol qu'elle avait caché sous l'extrémité de son sari. « Mange. Je les ai faits pour toi. »

Des *gokul pithe* ! Ces friandises au *jaggery*[1] et à la noix de coco, quel délice. Je commençai à plisser le nez sans le vouloir. Mais il était hors de question de refuser. Je réussis à plaisanter : « Tu ne renonceras pas

1. Extrait du sirop de palme.

tant que je ne ressemblerai pas à un petit boudin, pas vrai ?

— *Oma !* Ciel ! Écoutez-moi cette petite demoiselle. Pourquoi deviendrais-tu un boudin ?

— Mais ça ne va pas tarder. Tu te rends compte du nombre de calories qu'il y a dans ces friandises ?

— Je n'ai jamais entendu parler de ça. Mange. Il faut en manger en hiver. C'est la fête aujourd'hui.

— Tu sais ce que j'aime ?

— Et comment ! Ces horribles choses qui se tortillent comme des asticots et les *shingaras* épicés de la boutique de Gopal. Ça ne m'étonne pas que tu deviennes un squelette.

— Les squelettes sont très demandés ces temps-ci. Je vais ouvrir la bouche, tu m'en mets un dedans. Pas question que je touche ce machin poisseux. J'aurais la main gluante.

— Ouvre grand. C'est chaud. Fais attention. »

En toute honnêteté, je suis plus proche de ma tante que de maman. *Baroma* est un livre ouvert, elle ne peut rien garder pour elle. Son affection pour moi va de pair avec le gavage, la campagne antiminceur, et même son opposition au féminisme. Pourtant, je peux la faire craquer quand je veux. Je peux lui demander n'importe quoi, et je l'aurai.

Baroma a failli s'évanouir quand *Jethu,* mon oncle, m'a acheté un scooter il y a un an et demi. S'en est suivie une énorme dispute avec lui. Apparemment, elle n'avait jamais vu un engin pareil de sa vie. Maintenant, elle monte sur le siège passager derrière moi.

« Tu es un vrai garçon manqué, répète ma tante. Tu es née fille par erreur. »

Baroma ne se doute pas à quel point je suis une fille. Je n'ai pas l'ombre d'un regret d'être une fille, contrairement à elle peut-être. Je suis très heureuse d'être celle que je suis. Si jamais la réincarnation existe, je veux renaître fille chaque fois. Je veux que le monde n'appartienne qu'aux femmes. Les hommes ne servent à rien. Comme l'univers serait merveilleux s'il n'était peuplé que de femmes. Et puis non, pas sans mon père et mon oncle, et mes deux *dadus*. Ces quatre-là seront les seuls hommes sur terre. Baba (mon père), Jethu (mon oncle) et mes deux dadus. Personne d'autre.

C'est fête aujourd'hui. J'ai beaucoup de choses à faire. Des cours de musique, aller chez Shabari pour les cahiers de sciences, puis chez Sumita – elle me tricote un gilet. Je dois lui demander de modifier un peu le modèle.

À peine étais-je arrivée au rez-de-chaussée que ma mère m'appela : « Boshon, viens dans ma chambre après le petit déjeuner. »

Avait-elle un ton maussade ? Ma mère a toujours quelque chose de maussade. Sa chambre est sombre et défraîchie, affreuse. Et encombrée de malles, de caisses et de Dieu sait quoi. Ma tante était juchée sur le lit, les jambes pendantes, maman se tenait devant le coffre-fort. Une énorme boîte à bijoux était posée par terre devant elle.

« Ferme la porte et approche-toi. »

Je fermai la porte et restai plantée sur place.

Ma mère me lança un drôle de regard. « Tu reconnais ce coffret ? Ça te rappelle quelque chose ? »

Je secouai la tête. « Non. Ça devrait me rappeler quoi ?

— Cette boîte t'a appartenu dans le passé. »

Je détournai les yeux, dégoûtée. « Ça ne me dit rien du tout.

— Peut-être pas au cours de cette existence-ci. »

Je la regardai, sidérée. Ma mère a toujours été rationnelle. Je ne l'ai jamais entendue débiter ce genre de charabias. C'était quoi, ce délire ?

« Tu veux dire au cours d'une autre existence ? »

Baroma dit à maman avec agacement : « Pourquoi faut-il que tu entres dans les détails ? Ce que tu peux être sotte. »

Ma mère souleva le couvercle. « Jette un coup d'œil. Vérifie tout. »

La boîte était remplie de bijoux vieillots et pesant une tonne. J'eus envie de vomir. C'était trop moche.

« Inutile de vérifier, déclarai-je. Des antiquités.

— Pour plus de cent *bhoris*, minimum.

— Pourquoi me montres-tu tout ça ? J'ai suffisamment de bijoux. Est-ce que tu me vois porter ces machins-là ? Je déteste les bijoux.

— C'était sous ma responsabilité. C'est pour cette raison.

— À qui tout cela appartient-il ? As-tu reçu tout ça pour ton mariage ?

— Non, c'est à toi.

— Je n'en veux pas, garde-les. »

Son visage s'éclaira un moment dans la pièce obscure. Elle parut pousser un soupir contenu mais anxieux.

« Peux-tu arrêter ta grande scène, Lata ? Le ciel sait quelle folie s'empare de toi quelquefois. C'est juste une petite gamine... Qui connaît les bijoux de nos jours ? Appelle Kshitish et demande-lui d'en refaire quelques-uns. Pas trop. Mieux vaut ne pas montrer aux joailliers la quantité d'or que tu gardes chez toi. »

Je ne comprenais rien à ce numéro matinal. Je les regardais l'une après l'autre. À quoi jouaient-elles, toutes les deux ?

Pourquoi ma mère me dévisageait-elle ? On aurait cru que je venais de débarquer.

« J'ai emporté la boîte à bijoux avec ta permission, déclara ma mère.

— Quelle permission ? De quoi parles-tu, maman ? Je n'ai jamais vu ces bijoux de ma vie. À qui sont-ils ? »

Elle baissa la tête. « Quelqu'un te les a légués. Ils sont restés dans mon coffre durant tout ce temps, c'est tout.

— Qu'en ferais-je ? Qui me les a légués ?

— Une de tes *thakumas*, une des tantes de ton père. Elle a eu une triste existence. Ces parures étaient comme son cœur.

— Qui était-elle ?

— Tu ne l'as pas connue... Rashomoyee. »

Je souris. « J'ai vu ses photos. Elle était si belle. Ce sont ses appartements que j'occupe, n'est-ce pas ?

— Tu y habites de plein droit. Il ne s'agit pas de les occuper.

— Pourquoi m'avoir montré cela aujourd'hui ? »

Ma mère et ma tante échangèrent des regards mystérieux. Je subodorai comme une vague conspiration.

« Il faut que je file, maman. J'ai plein de choses à faire.

— Bien sûr. »

Personne ne comprend l'ivresse folle qu'il y a à enfiler un casque et à s'envoler sur un scooter. Le vent d'un froid mordant qui me pénétrait le crâne par le nez et la bouche chassa de ma tête toute idée de bijoux. D'ailleurs, je ne comprends pas ma mère et ma tante, elles sont si vieux jeu, totalement obsédées par l'or et les parures. Ont-elles jamais essayé de découvrir combien le monde est beau ?

C'était déjà l'après-midi quand j'arrivai chez Sumita après m'être rendue dans deux ou trois autres endroits. Je garai le scooter et entrai en disant : « Sumita, ohé Sumita. » Un jeune homme de haute taille, charmant, était assis sur un sofa dans le salon. Une barbe tendre, la tignasse hirsute, le regard dans le vague… Il avait beaucoup changé, mais je m'en souviendrai ma vie entière. Je m'arrêtai net. Mon cœur cessa de battre quelques instants. Et là, le souvenir de mon humiliation resurgit du passé pour m'infliger une mise à sac en règle, pareille à une armée qui se déchaîne.

Une voix profonde et sonore dit : « Sumita ? Elle est sans doute à l'étage. »

Je quittai la pièce et montai l'escalier sans me rendre compte de ce que je faisais. Sumita, les cheveux en bataille, était vautrée sur son lit, noyée dans un océan de laines. Dès qu'elle me vit, elle dit d'une voix désespérée : « Je n'ai pas fini aujourd'hui non plus. Que veux-tu, Dada est de retour après une si longue absence. On est tellement contents. Je n'ai le temps de rien d'autre. Viens, assieds-toi ici. Dada t'a vue ? »

J'opinai.

« Tu lui as parlé ?

— Pourquoi ? »

Sumita se concentra sur ses aiguilles. « Juste pour savoir. »

Ce n'était pas une simple question. Je pouvais deviner un vague scénario dans tout cela. Je me raidis, sentant monter la colère. Mais je ne pouvais rien dire.

Sumita m'expliqua à voix basse : « Il est resté en Amérique si longtemps. Imagine combien cela a été difficile pour lui. C'était très dur au début. »

Ces détails ne me regardaient pas. Je ne répondis rien.

Sumita poursuivit : « J'ai entendu dire que votre camion était tombé en panne hier soir sur la route.

— Oui.

— Quel dommage que je n'aie pas pu venir cette année. Mais comme Dada est rentré, comment aurais-je pu ? On avait tellement à se dire.

— Alors, tu parles avec ton frère à présent ? Il te faisait peur autrefois.

— Dada n'est plus le même. Et nous non plus. Nous avons grandi.

— Est-ce que ton frère est moins prétentieux maintenant ? »

Son visage se ferma.

Après un bref silence, elle dit : « Prétentieux ? Comment Dada aurait-il pu se montrer prétentieux ? Nous avions à peine de quoi manger. Nous devions emprunter sans arrêt. Dada était tellement timide qu'il ne demandait jamais rien. Nous ne savions même pas s'il avait faim. À vrai dire, il a énormément souffert.

— Tant mieux.

— C'est vraiment ce que tu penses de lui ?

— Je ne connais pas Amalesh-da, que pourrais-je penser de lui ?

— Tu as dit qu'il était prétentieux.

— Il a fait des études brillantes, il pourrait facilement être prétentieux.

— Ne dis pas ça. Il nous envoyait d'Amérique la majeure partie de sa bourse d'études. Il se privait de tout. Il étudiait tout le temps.

— Pourquoi me racontes-tu tout ça ?

— Personne n'a jamais dit du mal de Dada.

— Apporte-moi mon gilet à la maison quand tu l'auras fini. Mais ne fais pas de manches longues, essaie de les faire trois-quarts. »

Sumita hocha la tête. « D'accord. Mais je serai un peu en retard. Du fait que Dada est là. »

Sumita descendit avec moi pour me reconduire jusqu'à la porte. Comme je mettais mon casque, je l'entendis glisser discrètement à son frère : « C'est Boshon, Dada.

— Je sais », répondit la voix grave.

À présent, l'ancienne humiliation me piquait comme des aiguilles. Je grinçais des dents. Je n'avais jamais conduit mon scooter à pareille allure. Nous habitions tout près, à trois portes de là. Mais j'avais pris tellement de vitesse que je ne pus ralentir à temps. Je dus freiner à fond. Le scooter rua comme un cheval. Puis il alla dans une direction alors que je volais dans une autre. Mon bras gauche fut grièvement blessé. Des larmes jaillirent de mes yeux. Mais quand je quittai mon lit de poussière infamant, mon cœur souffrait davantage que mon corps. Je soulevai mon scooter couché par terre, le fis rouler lentement jusqu'à la maison avant qu'une foule ne se rassemble.

Dans le havre de l'appartement au deuxième étage, je découvris que mon bras était meurtri sur toute la longueur jusqu'au coude. Je saignais abondamment. Je m'étais blessée à la tête aussi, mais pas trop gravement grâce au casque. Étais-je blessée à la hanche aussi ? Sans doute. Mais rien de cela ne pouvait m'atteindre physiquement. J'allai dans ma chambre et m'assis tranquillement dans mon fauteuil. Je me sentais comme possédée. Une plainte avait envahi mon cœur, au-delà des bruits de l'étage. Une plainte funèbre qui me plongeait dans l'affliction des endeuillées.

Si on découvrait ce qui m'était arrivé, je me ferais sonner les cloches, et je n'aurais plus le droit de rouler à scooter. Il fallait donc que je nettoie la plaie et que je l'enduise d'une pommade antiseptique. Heureusement, c'était l'hiver, ce qui me permettait de porter un chemisier à manches longues. Mais toutes les blessures ne peuvent être tenues secrètes. Pourquoi ce silence insolent répondant à une lettre innocente, le geste irréfléchi d'une gamine en pleine adolescence, me revenait-il aujourd'hui multiplié au centuple ?

Un nouveau restaurant avait ouvert en ville. Il était devenu célèbre. Jethu, mon oncle, m'y conduisit dans la soirée. Un endroit chic, tape-à-l'œil. Un restaurant superbe, vraiment, surtout pour la petite ville où nous habitions. On venait de lui diagnostiquer une hyperglycémie. Il était donc au régime. Je lui lançai un regard noir. « Tu ne dois pas manger n'importe quoi. Donne-moi le menu. Je vais choisir à ta place. »

Il fit la tête. « Un repas ne peut pas faire de mal.

— Si, Jethu, le sucre dans le sang, c'est dangereux. Un ragoût et une salade pour toi. Avec deux *tandoori* rôtis.

— Deux cuillerées de riz frit ?

— D'accord. Tu les prendras dans mon assiette.

— Qu'est-ce que tu as ? Tu es pâlotte ?

— Pourquoi vous êtes tous à me surveiller tout le temps ? Vous n'avez rien de mieux à faire ?

— Ça ne fait rien, mange. »

Jethu eut l'air de vouloir dire quelque chose. Il fit plusieurs tentatives, mais sans succès. Ce fut tout de même une soirée géniale. Après un repas délicieux, Jethu m'emmena jouer aux jeux vidéo. Pourtant, je ne sais pas ce qui clochait, je n'arrivais pas à faire de bons scores.

La nuit, une multitude de douleurs s'abattirent sur moi, me plongeant dans un supplice qui allait crescendo comme une fanfare. Je n'avais pas réalisé la gravité de ma blessure. Avais-je de la fièvre ? Je grelottais. Et surtout, quelque chose soufflait dans la chambre. De quoi s'agissait-il ?

Je ne pouvais dormir. Je me levai, j'allumai la lumière dans toutes les pièces et me mis à errer de l'une à l'autre tel un fantôme. Ma grand-tante, Rashomoyee, l'enfant veuve, errait jadis dans ces pièces. Sa vie ne lui procurait aucun plaisir, aucune joie. Elle n'était pas autorisée à manger au restaurant, ni à conduire un scooter, ni à jouer aux jeux vidéo.

Elle ne pouvait que fouiller dans ses bijoux… et soupirer. Et tenir la solitude par la main. Était-ce le vide dans son cœur qui voltigeait dans la chambre cette nuit-là ? Étaient-ce ses soupirs que j'entendais ?

Il y avait un énorme miroir sur la porte de l'armoire. Je m'assis devant sur un tabouret. Dadu, mon grand-père, aimait à répéter : « Boshon ressemble à Rashomoyee. »

C'est vrai. Je le sais. Il y a des photographies de Rashomoyee dans l'album de famille, prises sur la fin de sa vie. Cependant, le visage ne change pas avec l'âge : elle était d'une beauté parfaite. Cette nuit-là, je me sentais triste pour elle. Elle qui m'avait apparemment légué ses bijoux. C'était tellement étrange. Comment savait-elle que je naîtrais un jour ?

Je ne pus me tirer du lit le lendemain matin. Mon bras me faisait souffrir, mes hanches étaient figées par la douleur, ma tête cognait. Mon corps donnait tous les signes d'une très forte fièvre. Et par-dessus tout, le même gémissement, malgré un matin d'hiver ensoleillé. La même impression d'éprouver l'affliction des endeuillées.

Toute la famille allait me sauter dessus si on apprenait que j'étais souffrante. Les docteurs, les médicaments, une veille permanente sous la forme de ma mère et de Baroma dans la pièce. Ce serait encore pire. Je ne leur parlais jamais de mes petits soucis de santé.

Je m'apprêtais à partir pour le lycée. Ma tante entra.
« Tu vas en cours ?

— Oui, Baroma.

— C'est bien. »

Elle voulait me dire quelque chose, je le sentais. Chat échaudé craint l'eau froide. Son expression, cette question superflue pour savoir si j'allais en cours… Je ne reconnaissais que trop bien les signes.

« Tu es au courant, le fils aîné de Jatin Bose est de retour ?

— Ça n'a rien de nouveau pour moi, Baroma. Sumita est mon amie.

— Oui, bien sûr. Un très gentil garçon. »

J'ajustai mon sari.

« Il paraît que la famille cherche à le marier. »

Me tournant vers elle, je me forçai à sourire. « Que cherches-tu à dire, Baroma ? »

Elle eut l'air troublée. « Non, ce n'est pas ce que je voulais dire. C'est ton Jethu qui a déclaré que c'est un brave garçon. Il vient d'une famille pauvre, il a tellement lutté pour en arriver là où il en est.

— Je m'en doute, Baroma.

— Tu es fâchée ?

— Non. Pourquoi serais-je en colère contre toi ? Mais pour l'amour du ciel, ne leur fais pas miroiter quoi que ce soit.

— Mais pourquoi ?

— J'ai mes raisons. »

La fièvre grimpa pendant que j'étais au lycée. J'avais beau m'appliquer à suivre le cours, il y avait une plainte incessante à mon oreille. Un vide dans mon cœur. Pendant une pause, je m'assis sous un arbre avec le soleil dans le dos. Priti s'installa à côté de moi et se mit à babiller au sujet de Nitish. C'était à n'en plus finir. Je ne l'écoutais pas. Tout ce que j'entendais, c'était sa litanie. En quoi était-ce si attirant d'ailleurs d'avoir un foyer et une famille ?

Brusquement, je me tournai vers Priti et lui demandai méchamment : « À quel point ton Nitish t'aime-t-il, d'après toi ? »

Priti répondit, gênée : « Tu n'en as aucune idée. Il est fou de moi. Apparemment, il pense à moi à chaque respiration.

— Dis-moi, Priti, imagine qu'on te lance brusquement de l'acide et que ton visage soit affreusement brûlé, et que tu perdes un œil, imagine que tu deviennes d'une laideur grotesque, ton Nitish t'épouserait-il quand même ? T'aimerait-il toujours ? »

Son expression était indescriptible. Elle me regarda bouche bée quelques instants, puis se mit à hurler : « Quelle horreur ! Es-tu une sorcière ? Comment peut-on sortir de pareilles méchancetés ? »

Je mâchai un brin d'herbe d'un air distrait : « Un amour conditionnel a-t-il de la valeur, alors qu'il dépend de ta beauté ou de ta situation ? Je n'y crois pas, tu sais, je ne crois pas en un tel amour. Les amoureux ont des relations très fragiles.

— Tu es un démon. J'en ai mal au cœur. As-tu la moindre idée de ce que tu dis ?

— Réfléchis un peu, Priti.

— Tu m'as déprimée.

— Tu es idiote. Tu seras donc heureuse. Seuls les idiots sont heureux dans la vie. »

Jethu se racla brusquement la gorge alors que nous mangions à l'énorme table de la salle à manger ce soir-là. « J'ai une question à te poser, Boshon. Réfléchis bien avant de répondre. »

Je m'arrêtai de manger et le regardai. « Je sais ce que tu vas me demander. Ma réponse est non. Jamais. »

Ils échangèrent tous des regards et se turent.

« Très bien, répondit Jethu d'une voix douce. Mais le garçon a attendu longtemps. Apparemment, il n'avait pas l'intention de se marier. Mais quand sa famille a commencé à faire pression, il a dit : il y a quelqu'un que j'attends depuis toujours… qu'importe. Il vaut mieux leur faire savoir que nous ne voulons pas cela. »

J'allai dans ma chambre. Chaque coin hurlait de désespoir.

Sumita apparut un après-midi, deux ou trois jours plus tard, pendant les fêtes. Elle avait les traits tirés. « Essaie-le, vois s'il te va », dit-elle.

Je le mis devant l'*almirah*. Il était charmant, Sumita tricotait très bien.

« Il te plaît ?

— Beaucoup. »

Sumita s'assit. « Je suis restée deux nuits debout pour le finir. Je me suis dit : “Il fait très froid, Boshon souffrira sans son gilet.” »

Je fis la moue. « C'est idiot, ça ne pressait pas. J'en ai plein.

— Tu crois que je ne le sais pas ? Pourtant, je m'imaginais que tu attendais celui-là. Tu en avais envie, après tout.

— Pourquoi t'es-tu donné tout ce mal ?

— C'est une joie de se donner du mal pour certaines personnes. Y a-t-il quelque chose que ta famille n'a pas fait pour nous ? C'était toujours vers Kakima, la femme de mon frère, que ma mère se tournait quand nous étions à court de quelque chose.

— Cela me met en colère d'entendre ça, Sumi. Ceux qui ont assez peuvent facilement en donner un peu. Je ne vois pas ce qu'il y a de génial là-dedans. »

Sumita se tut un moment. « Kakima disait quelque chose que j'aimais beaucoup. Elle disait : Je ne supporte pas quand il y a des gens qui soupirent. »

Je sais que ma mère est une femme généreuse, je le sais. Je ne lui arrive pas à la cheville. Une telle vénération pour son mari, ses liens avec sa belle-famille, la façon dont elle a lutté contre la pauvreté… Non, je ne serai jamais à sa hauteur.

Brusquement, Sumita m'annonça : « Dada s'en va demain. »

Je posai devant la glace en examinant le gilet.

« Tu l'as repoussé ? » demanda Sumita à voix basse.

Je ne répondis pas.

« On ne savait pas que c'était toi qui lui plaisais, poursuivit Sumita, les yeux humides. Qui sait pourquoi ? Je l'ai interrogé à plusieurs reprises : "Quand as-tu jamais posé les yeux sur Boshon, Dada, tu ne regardais jamais les filles ? Tu n'étais même pas ici. Quand as-tu commencé à la remarquer ?" Dada m'a juste répondu : "Tu ne comprendrais pas. Elle a un compte à régler avec moi." Je ne sais pas ce qu'il veut dire. Tu le sais ? »

Je n'en savais rien. Tout ce que j'entendais, c'était le flot macabre des lamentations. Il dominait tous les autres bruits.

« Il y a eu tellement de demandes en mariage et Dada les a toutes refusées.

— Écoute, Sumi, peux-tu dire quelque chose à ton frère en toute discrétion ?

— Lui dire quoi ?

— D'abord, tu dois me jurer que tu ne le diras à personne d'autre.

— Tu me fais peur. Très bien, je le jure. Rien de grave, j'espère.

— C'est grave. Tu viens de me toucher à l'instant, rentre chez toi et lave-toi les mains avec du désinfectant. »

Interloquée, Sumita demanda : « Mais pourquoi ?

— Écoute, je te le dis parce que j'ai confiance en toi. Je ne l'ai confié à personne chez moi. Ils vont en faire un tel drame. Tu sais combien ils m'aiment.

— Dis-moi, Boshon. Je suis terrifiée maintenant. »

Je fis un numéro magnifique. Sans prévenir, je me cachai le visage dans l'extrémité de mon sari et je fondis en larmes. Puis je soufflai, au milieu des sanglots : « J'ai la lèpre.

— Mon Dieu !

— Je suis allée consulter un médecin en secret. Je ne l'ai dit à personne. »

Sumita était pétrifiée.

Après avoir pleuré un moment, je découvris mon visage baigné de larmes et déclarai d'une voix rauque : « Dis-le à ton frère. »

Sumita me regardait fixement, terrifiée. « Comment est-ce arrivé ? Tu en es sûre ? »

Je relevai ma manche gauche et lui montrai mon bras. Il paraissait assez moche avec toute la pommade dont j'avais enduit la plaie. En outre, Sumita n'osa pas regarder de trop près. Elle se cacha la figure. Peut-être avait-elle aussi des larmes plein les yeux.

Quand la sotte fut partie en faisant vraiment une sale tête, j'aurais peut-être dû en rire. Mais j'avais envie de pleurer. Pourquoi ne pouvais-je croire en l'amour ? Quand j'étais petite, je voyais souvent une rose rouge sang qu'une main avait déposée devant notre porte de bonne heure chaque matin. Quand je suis devenue grande, j'ai appris que c'était quelqu'un qui était tombé amoureux de ma mère. Sans être payé de retour, bien sûr. Il laissait chaque jour un symbole de son cœur blessé devant la porte. J'ouvrais à l'aube pour pouvoir prendre la rose. Un jour, j'ai ouvert la porte un peu trop tôt et j'ai vu l'homme. Grand et beau, avec une fleur à la main. Il fut pris au dépourvu en me voyant, puis il sourit avec embarras. Mettant la rose dans ma main, il partit sans un mot. Ce que j'éprouvai ce jour-là fut merveilleux.

Cela fait bien longtemps que personne ne laisse plus de roses sur notre seuil. L'amour dépérit-il ? Se lasse-t-il ? L'amour ressent-il la peur ? Notre maison est gagnée chaque soir par un silence anormal. Ma chambre au deuxième étage était plus silencieuse que jamais. Seule l'atroce douleur de la rupture la traversait de ses pleurs.

Des pas gravissaient l'escalier, les pas d'un inconnu. Je fus inquiète. Comment pouvait-on monter ainsi ?

Était-ce normal ? De quel droit venait-il, pour abattre ma résistance, ma peur, mon refus ? Je savais qui venait. J'ignorais comment je le savais. Je quittai mon bureau d'un bond et courus à l'autre bout de ma chambre.

Je restai tapie dans le noir. Mes yeux étaient noyés de larmes.

Les pas s'étaient arrêtés sur le seuil de ma porte.

Le gémissement incessant s'enfuit soudain je ne sais où.

Photocomposition PCA

Achevé d'imprimer en février 2021
par l'imprimerie Normandie Roto Impression s.a.s.
61250 Lonrai

pour le compte des éditions Calmann-Lévy
21, rue du Montparnasse 75006 Paris

N° d'éditeur : 8080338/02
N° d'imprimeur : 2100463
Dépôt légal : avril 2021
Imprimé en France.